诗词安徽

本丛书入选安徽省文化强省建设专项资金项目

莫 契 编著

品读·文化安徽

合肥工业大学出版社

图书在版编目(CIP)数据

诗词安徽/莫契编著.—合肥:合肥工业大学出版社,2016.11
(品读·文化安徽丛书)
ISBN 978 - 7 - 5650 - 3058 - 1

Ⅰ.①诗…　Ⅱ.①莫…　Ⅲ.①古典诗歌—诗集—中国　Ⅳ.①I222

中国版本图书馆 CIP 数据核字(2016)第 277272 号

诗词安徽

莫　契　编著

责任编辑	章　建　张　燕	
出版发行	合肥工业大学出版社	
地　址	(230009)合肥市屯溪路 193 号	
网　址	www.hfutpress.com.cn	
电　话	总 编 室:0551-62903038	
	市场营销部:0551-62903198	
开　本	710 毫米×1010 毫米　1/16	
印　张	13.25	
字　数	203 千字	
版　次	2016 年 11 月第 1 版	
印　次	2016 年 12 月第 1 次印刷	
印　刷	安徽联众印刷有限公司	
书　号	ISBN 978 - 7 - 5650 - 3058 - 1	
定　价	39.00 元	

如果有影响阅读的印装质量问题,请与出版社市场营销部联系调换。

前　言

　　品读文化安徽，第一步就是"品"，从字形上看，品由三个口组成，但这个口不是指嘴巴，而是指器皿——三个器皿叠放在一起，用来形容事物或物品众多。

　　那么，关于安徽的众多器皿中，主要又盛放着什么呢？

　　一个盛着酒，一个盛着茶，一个盛着诗。

　　酒，是一种凛冽而火热的液体；茶，是一种清雅而悠长的液体。它们是对于大自然的高度抽象，同时也融入了人工创造的高度智慧。安徽既出名酒，又出名茶，这从一个侧面也体现了大自然对这块土地的垂青和爱怜，而生活在这块土地上的人们，把对于大自然的汲取和感恩，化作了丰美的生活浆液和丰盈的文化积淀。

　　从酒上面，能看到安徽的北方，看到一望无垠的平原，看到沉甸甸的金色收获，看到农夫晶莹的汗珠；更远一点的，还能看到大禹治水遗迹、安丰塘、江淮漕运等等伟大的水利工程，还能感受到花鼓灯的热烈、拉魂腔的高亢和花戏楼上载歌载舞的酣畅……

　　从茶上面，能看到安徽的南方，看到草木葱茏的丘陵，看到朦朦胧胧的如梦春雾，看到农妇藕白的巧手；更远一点的，还能看到粉墙黛瓦，看到那些像诗一样优美的民居建筑，感受到贵池傩舞的神秘、徽剧声腔的精致和黄梅戏的婉转……

　　这些土地、这些物产，又怎能不吸引诗人呢？

　　于是曹操、曹植来了，嵇康、谢朓来了，李白、杜牧、刘禹锡来了，欧阳修、王安石、苏东坡来了，梅尧臣、姜夔、徐霞客来了……如果有心，可以绘制一幅安徽诗歌地图，定格一座座在中国诗歌史上意义显赫的风景重镇：

教弩台、敬亭山、浮山、齐云山、褒禅山、秋浦河、采石矶、杏花村、陋室、颍州西湖、醉翁亭、赤阑桥……那些被歌咏过的一山一水、一草一木，都闪烁着别样的光芒。

诗是灵魂的高蹈和想象力的释放，张扬的是一种逍遥洒脱的个性。诗人们是近于道家的，嵇康和李白，干脆自认为老庄的传人。而老庄及其道家哲学，正是安徽这块土地上结出的思想文化硕果。

道家太出世，则需要入世的儒家来中和。从经世致用的角度说，儒家思想，往往是一股"天行健，君子以自强不息"的正能量。

管仲和孙叔敖，出自安徽的春秋两大名相，他们的政治实践，给了同时代的孔子极大的影响；战国时的甘罗和秦末汉初的范增、张良，以其超凡的智慧与谋略，成为后世文臣的标杆；三国时的周瑜、鲁肃和南宋时的虞允文，分别因为赤壁大战和采石矶大捷而一战成名，他们是敢于赴汤蹈火的书生，也是运筹帷幄的儒将；两宋时期，程朱理学从徽州的青山绿水间兴起，最后成为几个朝代的官方思想和意识形态；明清之际，儒医和儒商，几乎同时在徽州蔚为大观，从"不为良相，即为良医"的新安医学代表人物和诚信勤勉的徽商典范身上，我们能够感受到一股清朗上进的儒雅之风；到了风起云涌的近代，李鸿章及其淮军将领，走的仍然是"儒生带兵"的路子，至少在其初期，洋溢着奋发有为的气概。李鸿章对于近代化孜孜不倦的追求，刘铭传对于祖国宝岛的守护和经营，段祺瑞对于共和政体的倾力捍卫，都是中国近代史上浓墨重彩的一笔……

酒、茶、诗、儒，是关于安徽的四大意象，也是安徽人精神的四个侧面，除此之外，安徽人的精神还包括什么呢？

显然，还包括勤劳、善良、淳朴、坚忍、进取等中华民族的诸项精神特质，还有最重要的一项就是——创新。

创新，从远古人类那时就开始了。最早的器物文明——和县猿人的骨制工具，最早的城市雏形——凌家滩，最早的村落——尉迟寺，等等，无不显示了先民的伟大创造。

创新，从司法鼻祖皋陶那里就开始了。他创造性地建构了中国古代最早的司法体系，最先开始弘扬"依法治国"的理念，而两千年后的北宋包拯，则承袭了这种朴素的法治精神。

创新，从大禹、管仲、孙叔敖、曹操、朱熹、朱元璋等政治家那里就开始了。大禹"堵不如疏"的崭新思路，是中国古代政治智慧中的重要因子；管仲的"仓廪实而知礼节"的先进思想，显示了他对于物质文明和精神文明的双重重视；孙叔敖关注民生的呕心沥血，曹操"唯才是举"的不拘一格，朱熹对于古代赈济体系的精心构筑，朱元璋对于封建制度的精心设计，也都开创了中国古代政治文明的新局面。

创新，也是文化巨擘的应有之义。从道家宗师老庄、理学宗师程朱，到近代现代哲学大师胡适、朱光潜；从率先融合儒释道三家的"睡仙"陈抟，到打通文理、博览百科的"狂生"方以智；从开创中国第一所"官办学校"的汉代教育家文翁，到现代平民教育的倡导者陶行知；从"建安风骨""魏晋风度""桐城派"这三大文学家群体，到吴敬梓、张恨水这两位小说家典范；从探索中国画白描技法的"宋画第一人"李公麟，到与齐白石齐名的新安画派代表人物黄宾虹；从开创近代书法和篆刻新风的邓石如，到现代雕塑大家刘开渠；从力促徽剧上升为国剧的程长庚，到黄梅戏表演艺术家严凤英；从巾帼不让须眉的近代女才子吕碧城，到洋溢着中西合璧气派的女画家潘玉良……没有"吾将上下而求索"的探索精神，也就没有他们那震古烁今的文化创造。

创新，同样是科技巨匠的立身之本。淮南王刘安对于豆腐的"点石成金"，神医华佗对于外科手术和麻醉术的开创，兽医鼻祖元亨兄弟对于兽医这门全新学科的开拓，还有程大位、方以智的数理演算，梅文鼎、戴震仰望星空的眼睛，包世臣、方观承理论与实践相结合的农学著作，两弹元勋邓稼先的非凡壮举……正是沿着前所未有的轨迹，这一颗颗闪耀的"科星"才飞升在天宇。

创新，还是物质文明的重要助推器。从朴拙无华的凌家滩玉器，到堂皇无比的楚大鼎；从恢宏厚重的汉画像石，到精美绝伦的徽州三雕；从文人推重的笔墨纸砚，到民间珍爱的竹器铁艺；从唇齿留芳的皖北面食，到咀嚼英华的徽式大菜；从花戏楼、振风塔、百岁宫等不朽建筑，到西递、宏村、查济的诗意栖居；从至今仍然发挥着作用的"天下第一塘"安丰塘，到永载新中国水利史册的佛子岭水库；从铜陵的青铜冶炼，到繁昌窑的炉火；从熙来攘往的芜湖米市，到造出中国第一台蒸汽机、第一艘轮船的安庆内军械所……正是因为集合了无数人的灵感和汗水，才孕育了这一件件小而美好的小设计、小发明、小物件，才诞生了这一项项大而堂皇的大工程、大构造和大器具。

创新，更是红色文化的闪亮旗帜。陈独秀的《安徽俗话报》，激情燃烧的鄂豫皖革命根据地，艰苦卓绝的皖南新四军，被称为"世界战争史奇迹"的千里跃进大别山，"靠人民小车推出胜利"的淮海战役……这些都展示了革命者的勇敢无畏和锐意进取，凝结了革命者的高度智慧，也奏出了时代精神的最强音。

创新，也是我们这个改革开放的火热时代的主旋律。小岗村的"大包干"实践，"人造太阳"托卡马克的建造，现代化大湖名城的横空出世，白色家电业和民族汽车工业的崛起，中国科技大学同步辐射、火灾科学、微尺度物质科学这三大国家级实验室中所孵化出的最新成果，都成为安徽通往经济大省、科技大省和文化大省的一步步坚实的台阶……

正是因为有了创新精神，安徽这块土地才没有辜负大自然的恩宠，才开出了艳丽无比的物质文明和精神文明之花，堪与大自然的鬼斧神工相媲美。

"品读·文化安徽"系列丛书，共20册。每册从一个方面或一个领域入手，共同描绘出安徽从古到今不断演化、不断创新、不断发展的巨幅长卷。这20册书摆在眼前，仿佛排开了一个个精美的器皿，里面闪烁的是睿智与深情，是天地的精华与文明的荣光。

请细心地品，静心地读，然后用心地思索：我们今天该有什么样的创造，才能够匹配这天地的精华，才能延续这文明的荣光？

本丛书在策划、编辑、出版的过程中，得到了省内外许多专家学者的关心和支持，在此对他们表示衷心的感谢。同时，本丛书的部分著作中的若干图片和资料来源于网络，未及向创作者申请授权，祈盼宽谅；恳请有关作者见书后与出版社联系，以便奉寄稿酬及样书。

编委会

2015年10月

目　　录

一、女娇太姬相映红

　　一个精魂，诗歌的精魂，几千年来在安徽大地上游荡。有时候它是以疾如闪电的方式，有时候它又是以缓如细雨的方式，占据了某一个人或某一群人的身心，借着他们的口歌唱，歌唱……

　　诗歌精魂的第一个化身，是居于大禹时代的涂山氏之女——女娇。涂山，在今天的安徽省蚌埠市怀远县。《吕氏春秋·音初》记载禹时涂山氏之女唱"候人兮猗"，这是有史可稽的中国第一首情诗。等候的是女娇，被等候的就是大名鼎鼎的治水英雄禹。

　　舜封禹为司空，让他继承被杀的父亲鲧的事业，继续治水。禹东奔西走，30岁时在涂山遇见了涂山氏之女女娇。春暖花开，绿染桑林，纯洁而健康的男女，在野外一见钟情。

　　三皇时代，中国氏族部落最大的问题就是治水。禹想到了女娇的本家，东夷强大的涂山氏。如果能联姻涂山氏，则整个东夷都会为己所用，朝内的重臣、类似大理卿（狱官之长）的皋陶也会支持自己。况且与女娇两情相悦，岂不是天作之合？不过因为涂山氏尚处于母系制后期，禹只能做上门女婿，"夫从妇居"。

　　对禹来说，治水的业绩决定着前途；但是对女娇来说，爱情是唯一的。禹出门在外的日日夜夜，女娇独守空房，不觉忆起了初次见到这个"身九尺二寸长"的魁梧男子的情景，一缕笑意袭上弯弯的嘴角，恰如那天边的一勾新月。触景生情，这个野生野长的文盲女子，居然触动灵机，发为心声："候

1

女 娇

人兮猗!"在那弯弯的月亮下面,我等候着心爱的人儿。爱情多么伟大,多么神奇,它不仅开启了这个痴情女子的心智,而且书写了汉语爱情诗的最初篇章。

这是一首只有四个字的诗。"候人兮"意为等候我所盼望的人,"猗"是古汉语的叹词,相当于现代汉语的"啊"。一个"猗"字,包含着丰富复杂的感情:见到心爱人儿的渴望,望而不见的焦虑、彷徨及无可奈何的心情;还塑造了一个鲜明的形象:一个伫立山头、翘首远盼、长吁短叹、泪流满面的多情女子的形象。"诗贵含蓄",是中国诗歌的宝贵传统。这首诗,可说是含蓄美学的一个源头。

时光像一条大河,继续向前流淌。千年之后,游荡着的诗歌的精魂,又在安徽亳州这个地方居停下来,附身于一群热情酣畅的青年男女身上,化作《诗经》中灼灼的桃花、浓浓的情感和锵锵的舞步。

亳文化历史悠久,积淀厚重,早在8000年前,我们的祖先就在亳这块土地上繁衍生息;5000年前,这里已进入农业文明时代;3700多年前,商汤在此建都。据学者李灿考证，"亳"是由"京"和"乇"二字组成，它是帝王京都和社稷的所在地，也是殷商第一代王朝的京都和社稷的所在。司马迁在《史记·殷本记》中云："成汤，自契至汤始居亳，从先王居。"由此可见，早在商汤时期，这里就成为当时政治、经济、文化中心，为亳文化的发展奠定了坚实的基础。

亳州古花戏楼

商是远古时期的一个部落氏族。商人的始祖契的出生充满神话传奇色彩。《史记·殷本记》："殷契，母曰简狄，有娀氏之女，为帝喾次妃，三人行浴，见玄鸟坠其卵，简狄取吞之，因孕生契。"简狄吞玄鸟蛋而生殷契，玄鸟便与殷人有了血统关系而成为殷人崇拜的图腾。这种充满浪漫色彩的原始宗教信仰，后来演变成为神话中的凤凰——一种吉祥物。它对中华民族传统文化产生了深远的影响。

时至春秋战国，亳文化出现了新的气象，在各方面都显出非凡的魅力，表现出领袖的风范。在《诗经·商颂·玄鸟》中就有亳远古文化的因子："天命玄鸟，降而生商。"诗句叙述的就是殷商之始祖契诞生的传说。《诗经·陈风》也收有亳地的民歌。《陈风》是陈国地区的诗歌，共10篇。相传陈国是周武王封给舜的后代妫满的国家，并把大女儿嫁给了他。陈俊英《诗经漫话》云："陈国在今河南淮阳、柘城和安徽亳县一带。《陈风》多半是关于恋爱婚

3

姻的诗，这和陈地人民崇信巫鬼的风格有密切关系。《汉书·地理志》说，'妇人尊贵，好祭祀用巫，故俗好巫鬼，击鼓于宛丘之上，婆娑于枌树之下，有太姬歌舞'。"由此可见，亳文化为《诗经》这部中国最早的诗歌经典提供了丰富的养料。

至于《陈风》的格调，《左传》杜注评价为"淫声放荡，无所畏忌"。一个"淫"字，似乎有点不堪，其实它只是后来封建卫道士眼中的"不堪"，却是合乎人性的"狂放"。那种远古的热情、高蹈和无拘无束，幸亏有了《陈风》这样的美丽篇章，才保留了下来，让我们今天的人们心向往之。

且看其中的一首《月出》：

> 月出皎兮，佼人僚兮。
>
> 舒窈纠兮，劳心悄兮。
>
> 月出皓兮，佼人懰兮。
>
> 舒忧受兮，劳心慅兮。
>
> 月出照兮，佼人燎兮。
>
> 舒夭绍兮，劳心惨兮。

这首月下怀人的诗歌，被认为是华夏月文化的开篇之作。朱熹认为是男女相悦而相念之词，不再"淫声"云云。明月皎洁，月光下如梦如幻，令人遐想。诗人精心营造出"月人一体"的意境，优美、凄美、凄婉、芬芳，犹如一缕缕淡淡的忧伤在缓缓流淌，溢满了读者的心房。

这仅仅是诗歌吗？当然不是。它也是歌唱，也是舞蹈，更是倾心的、热情似火的爱慕。不只是《月出》，在后世的学者看来，这10首被陈人视为千古绝唱的诗篇，全同这首《月出》一样，是人们唱给当时的陈国女子的颂歌。而那些在诗篇中被歌颂的女子，也都具有同样的品格，是那样的美丽、自由、热情、奔放、优雅，对她们而言，爱和美就是自己追求的一切，她们只为了它们而活着，同样也只为它们而死。这样的女子身上，不都有着涂山氏的影子吗？只不过"候人兮猗"很含蓄，而《陈风》对于女性的爱情心理则是大胆展现和描绘，但"直抒胸臆"这一点，倒是一以贯之的。

再如《宛丘》这首诗，完全印证了《汉书·地理志》中"击鼓于宛丘之上，婆娑于枌树之下，有太姬歌舞"的描述：

> 子之汤兮，宛丘之上兮。
>
> 洵有情兮，而无望兮。
>
> 坎其击鼓，宛丘之下。
>
> 无冬无夏，值其鹭羽。
>
> 坎其击缶，宛丘之道。
>
> 无冬无夏，值其鹭翿。

宛丘，是指四周高、中间低的游乐场。鹭羽、鹭翿，均指鹭鸟身上的羽毛。歌舞之时以鸟羽为道具，首先体现出陈地在远古时代以鸟为崇拜物的东夷习俗，也反映歌舞本身带有巫风的印记。

《宛丘》翻译成白话文是这样的：

你起舞热情奔放，在宛丘山坡之上。我诚然倾心恋慕，却不敢存有奢望。

你击鼓坎坎声传，宛丘下欢舞翩然。无论是寒冬炎夏，持鹭羽舞姿美艳。

你击缶坎坎声响，欢舞在宛丘道上。无论是寒冬炎夏，持鹭羽舞姿漂亮。

从《宛丘》诗中，我们看不出舞者的目的，但"无冬无夏"一语却反映出陈国舞风之盛，甚至到了"走火入魔"的地步。诗的作者怀着炽烈的情感，表达了自己对一位跳舞女子（即"太姬"）的爱怜，但这种爱怜是一种无望的相思，不过这相思之中却含着一种理解，对女子无论冬夏进行舞蹈的一份同情。

联想起法国著名作曲家拉威尔的《波莱罗舞曲》，这首被美国音乐评论家爱德华·唐斯称为"使人一听就产生无以言状而又不可抗拒的兴奋之情"的乐曲，描绘的是舞剧中这样一个场景："一个女人独自在一张桌子上跳着舞，四周围观的男人们目不转睛地注视着她的动作。随着她的舞姿愈来愈热烈，他

子之汤兮
《国风·陈风·宛丘》

《国风·陈风·宛丘》

5

们的情绪也愈来愈高涨。男人们击掌顿脚，形成有节奏的伴奏。最后在转到C大调的那一刻（全曲的高潮），男人们一个个拔剑出鞘。"（《管弦乐名曲解说》）这虽是西方乐舞，但反映的文化内涵却与《宛丘》相似：将不可遏止的情感投射于生命原动力的外化形式——乐舞。

另一首《东门之枌》诗云：

> 东门之枌，宛丘之栩。
>
> 子仲之子，婆娑其下。
>
> 谷旦于差，南方之原。
>
> 不绩其麻，市也婆娑。
>
> 谷旦于逝，越以鬷迈。
>
> 视尔如荍，贻我握椒。

这首诗则点明了舞蹈的目的。诗中在大树下狂跳的"子仲之子"和在市井中疯舞的"南方之原"因歌舞而生情，互赠情物。《东门之池》一诗"彼美淑姬，可与晤歌"，又为我们展示出2000多年前陈国东门水池边男女互唱情歌以相悦的热闹场景。

古时候的诗是与歌、舞融合在一起的，构成一种三位一体的复合型艺术。唯有如此，才能把自己的喜怒与哀愁、情感和灵魂，尽情地释放出来。但一般来说，在周代礼仪规范、等级界限还是比较分明的。上层贵族可以欣赏他们的雅乐，民间百姓则有他们的俗乐，上下同乐的现象并不常见。而在《陈风》中却有例外。据考证，《宛丘》中的舞者是一位有较高身份的贵妇人。《东门之枌》中的"子仲之子"为陈国贵族子仲家的公子，而"南方之原"，则是"南方大夫原氏的女儿家"。原氏为陈国重要贵族，《左传·庄公二十七年》载，陈大夫原仲死后，他的朋友鲁国公子友到陈国参加他的葬礼。可见在当时，无论是子仲家的男人还是原氏家的女人，都以歌舞于城郊或市井为乐事，且毫无顾忌。

由此不由得又联想起19世纪末德国诗人、哲学家尼采的一段话："每一个不曾起舞的日子，都是对生命的辜负。"

此情此景，古今无不同，中西无不同。

二、最是楚歌动心魄

到了战国末年，诗歌的精魂找到了一位最佳代言人，使汉语言的"浪漫主义表达"迅速登上一个高峰。他就是中国诗歌史上第一位伟大的诗人——屈原。

关于屈原和安徽，还有一桩千古公案，那就是：屈原究竟到没到过安徽？

要证明屈原到过皖境，最有说服力的当是屈原本人作品的自述（自证），我们先来看《九章·哀郢》开篇及中间几句：

屈 原

民离散而相失兮，方仲春而东迁。
去故乡而就远兮，遵江夏以流亡。
…………
哀州土之平乐兮，悲江介之遗风。
当陵阳之焉至兮，淼南渡之焉如？
曾不知夏之为丘兮，孰两东门之可芜？
心不怡之长久兮，忧与愁其相接。

7

惟郢路之辽远兮，江与夏之不可涉。

忽若不信兮，至今九年而不复。

惨郁郁而不通兮，蹇侘傺而含戚。

《哀郢》篇作于顷襄王二十一年（前278），这是大部分学者的共识。是年，秦将白起率兵攻破楚国都城郢。国破家亡，百姓流离逃难，"民流离而相失兮，方仲春而东迁。"诗人用白描的笔触，真实地反映了这一历史事件，并点明了他是在这一年的仲春（二月），沿着长江、夏水离开故乡的。诗人要到何处去？"将运舟而下浮兮，上洞庭而下江；去终古之所居兮，今逍遥而来东。"行踪很明确，是离开故乡顺江而下，东来陵阳的。秦军伐楚，和平安乐的生活被破坏，沿途目睹战乱的景象，江左淳朴的民风已荡然无存，怎不令诗人悲叹呵！于是就辗转东来陵阳，才有《哀郢》之作。

今天的青阳县陵阳镇

诗中的陵阳在哪里？特别是《哀郢》中提到的陵阳，关系屈原晚年行迹，意义尤为重大。可惜它一直没有为人注意，无论是学术界还是文化界都极少关注。第一位为《楚辞》作注的东汉人王逸，把"陵阳"解作"凌阳"，认为是"意欲腾驰，道安极也"，显然未得要领。宋代朱熹在《楚辞集注》中，注云"未详"，把问题挂了起来。近代学者见仁见智，多泛指地名而少确解。胡念贻在《屈原作品的真伪问题及其写作年代》中说："蒋骥则据《哀郢》'今逍遥而东来'与'当陵阳之焉至兮'二句，认为屈原离郢东下，到了陵阳（今安徽青阳一带），这是他放逐的地点。"这个说法比较精当。在《山带阁注楚辞》卷四中，蒋骥认为："陵阳在今宁国池州界。汉书丹阳郡陵阳是也，以陵阳山而名。至陵阳则东至迁所矣……考前后汉志及水经注，其在今宣池之间甚明。以地处楚东极边而奉命安置于此，故以'九年不复'为伤也。"这确是一语破的之卓论。按陵阳的确切位置并不在九华山北的青阳附近，而在黄山市境内，今太平湖南畔有陵阳山，即其地也。《大清一统志》云："太平县有陵阳山……下有三门、六刺滩，舒溪所经。按隋志及元和志俱以属泾县。而太平系唐析泾（而）置，故亦有陵阳山，其实一也。"陵阳山是屈原放逐时间最长的地方，也是承载其爱国怀乡情感的重要地区之一。在《哀郢》的尾章云："曼余目以流观兮，冀一反之何时。鸟飞反故乡兮，狐死必首丘。信非吾罪而弃逐兮，何日夜而忘之？"真是哀恸千古的绝唱了。

九年陵阳谪居，在诗人的作品中是否还有踪迹可寻呢？回答是肯定的。他歌咏江岸茂盛的白芷青苹与绿柳丛林（见《招魂》），他爱这里民风淳朴，生活安宁。请看《招魂》的尾章：

乱曰：献岁发春，汩吾南征。菉蘋齐叶兮，白芷生。路贯庐江兮，左长薄。倚沼畦瀛兮，遥望博……湛湛江水兮，上有枫。目极千里兮，伤春心。魂兮归来，哀江南。

傅抱石画中的屈原

这里提到"路贯庐江"即青弋江。《汉书·地理志》云："庐江出陵阳东南，北入江。"它表明了屈原正是沿陵阳青弋江来到长薄一带的。

9

　　这条极有价值的佐证充分说明了司马迁在《屈贾列传》中肯定《招魂》为屈原所作的正确性，从而也有力地驳斥了王逸以《招魂》为宋玉所作之非。千古聚讼，由此可得到解决。还有一条佐证材料，即李白的《同友人舟行游台越作》诗："楚臣伤江枫，谢客拾海月。怀沙去潇湘，挂席泛溟渤。蹇予访前迹，独往造穷发。""楚臣"句明显是指屈原《哀郢》中之"湛湛江水兮，上有枫，目极千里兮，伤春心"。"访前迹"指李白的陵阳漫游，可谓间接证明屈子陵阳漂泊与创作《招魂》之事。

　　汉代正式设置陵阳县，晋代时避杜皇后讳更名广阳。古陵阳县辖地甚广，含今石台、青阳、太平、泾县部分区域，古统称为陵阳地区。因境内有陵阳山，是汉陵阳县令窦子明得道升仙处而闻名宇内。陵阳山下又有陵阳溪，水清碧可爱，蜿蜒曲折，犹如一条玉带，溪岸茂林修竹，怪石峻立，风景幽绝。唐诗人李白、杜荀鹤，宋诗人郭祥正等，都曾慕名来游，且留有大量诗作。如李白诗："且述陵阳美，弥棹留清辉"，"杜鹃花开春已阑，归向陵阳钓鱼晚"；郭祥正诗："陵阳三峰压千里，百尺危楼势相倚"。

　　如今的陵阳镇为青阳县首镇，方圆100多平方公里，人口26000余。古镇民风淳朴，地理环境山清水秀，交通便利，丰水季节，下行可利用舟楫经沙济、水埭达黄山脚下太平湖，上行也可乘舟抵青阳县城（蓉城镇），经童埠到大通而入江。今镇内"东山湾"，传说为屈原来陵阳时的遗迹。西汉时，曾做过庐江太守的桓宽在《盐铁论》中说："荆扬南有桂林之饶，内有江湖之利，左有陵阳之金，右有蜀汉之材。"盛赞陵阳富庶一方。20世纪80年代，在池州秋浦河畔曾出土珍贵的楚国金币"郢爰"。"富贵陵阳镇，风流谢家村"，是当地很早就流传下来的民谣。这里的"富贵"意思是物产丰饶，人民生活富足；"风流"应理解为习俗笃厚，古风犹存。可否做这样的推测：屈原往来楚江，远眺东南群峰竞秀的陵阳山，顿觉景物殊美，当时正值国难当头之际，远离秦军占领下的郢都数千里之遥的江南陵阳，虽偏于大山一隅，却是一个富庶安定、商贾云集的繁华小镇，且又为楚国先贤卞和受封之地，于是在备尝漂泊之苦的屈大夫看来，这真是一个能够慰藉心灵的理想所在了。

　　余光中在《漂给屈原》的诗中写道："有岸的地方，楚歌就四起，你就在歌里，风里，水里。"古代楚江南岸的皖境，民间迷信鬼神，视巫术为宗教，故祭祀之风甚炽。今天在沿江贵池、青阳、大通一带，流传千百年的傩戏，依然盛行不衰，每年春节前后及端午都有盛大的表演。这种老百姓自发的演出，除了驱鬼、求神、祈福外，是否也默默地在为自沉汩罗江的屈大夫招魂？

我们现在常说的"楚辞"，有着两种含义：一是诗歌的体裁，二是中国第一部浪漫主义诗歌总集的名称（在一定程度上也代表了楚国文学）。作为战国时期兴起于楚国的一种诗歌形式，楚辞亦作"楚词"。作品运用楚地（现在湖南、湖北、安徽一带）的文学样式、方言声韵，叙写楚地的山川人物、历史风情，具有浓厚的地方特色。楚辞中所涉及的历史传说、神话故事、风俗习尚以及所使用的艺术手段、浓郁的抒情风格，无不带有鲜明的楚文化色彩。这是楚辞的基本特征，它们是与中原文化交相辉映的楚文化的重要组成部分。楚辞的创作手法是浪漫主义的，它感情奔放，想象奇特，辞藻华美，对偶工巧，以大量"兮"字作衬字。与《诗经》古朴的四言体诗相比，楚辞的句式较活泼，句中有时使用楚国方言，在节奏和韵律上独具特色，更适合表现丰富复杂的思想感情。

傅抱石画中的屈原

　　楚辞的主要作者是屈原。他创作了《离骚》《九歌》《九章》《天问》等不朽作品，因《离骚》最为著名，成就也最高，故楚辞也称"骚体"。在屈原的影响下，楚国又产生了宋玉、唐勒、景差等楚辞作者。现存的《楚辞》总集中，主要是屈原及宋玉的作品；唐勒、景差的作品大都未能流传下来。《楚辞》对后世文学影响深远，不仅开启了后来的赋体，而且影响历代散文创作，是我国积极浪漫主义诗歌创作的源头。

　　到了汉代，出现了贾谊、淮南小山、严忌、东方朔、王褒、刘向诸人的仿骚作品。淮南小山，是西汉淮南王刘安的一部分门客的共称，类似现在的集体笔名，今仅存辞赋《招隐士》1篇。《汉书·艺文志》著录"淮南王群臣赋四十四篇"，《招隐士》当是其中仅存的1篇。

> 桂树丛生兮山之幽，偃蹇连蜷兮枝相缭。
> 山气茏葱兮石嵯峨，溪谷崭岩兮水曾波。
> 猿狖群啸兮虎豹嗥，攀援桂枝兮聊淹留。
> 王孙游兮不归，春草生兮萋萋。
> 岁暮兮不自聊，蟪蛄鸣兮啾啾。
> 块兮轧，山曲弟，心淹留兮恫慌忽。
> 罔兮沕，憭兮栗，虎豹穴。
> 丛薄深林兮，人上栗。
> 嵚岑碕礒兮，碅磳磈硊，树轮相纠兮，林木茷骩。
> 青莎杂树兮，薠草靃靡，白鹿麏麚兮，或腾或倚。
> 状貌崟崟兮峨峨，凄凄兮漇漇。
> 猕猴兮熊罴，慕类兮以悲。
> 攀援桂枝兮聊淹留。
> 虎豹斗兮熊罴咆，禽兽骇兮亡其曹。
> 王孙兮归来，山中兮不可以久留。

　　关于《招隐士》，《楚辞章句·招隐士序》认为是"（淮南）小山之徒，闵伤屈原，又怪其文升天乘云、役使百神，似若仙者，虽身沉没，名德显闻，与隐处山泽无异，故作《招隐士》之赋，以章其志也"。但王夫之在《楚辞通释》中则认为是"义尽于招隐，为淮南招致山谷潜伏之士，绝无悯屈子而章之之意"。考其文意，王夫之的见解更符合实情。此诗采用铺陈手法，十分生动地描绘出山中凄厉可怖的景象，急切地召唤隐居的"王孙"，劝他不可久留，切盼他及早归来。作者极尽夸张、渲染之能事，极写深山荒谷的幽险和虎啸猿悲的凄厉，造成触目惊心的艺术效果，让人仿佛身临其境。其艺术构思似受到《楚辞·招魂》的影响，通篇感情浓郁、意味深长、音节谐和，像"王孙游兮不归，春草生兮萋萋，岁暮兮不自聊，蟪蛄鸣兮啾啾"这样的句子，优美动人，传诵至今。所以，王夫之说它"绍《楚辞》之余韵，非他辞赋之比"（《楚辞通释》）。从题材上说，它是后世招隐诗之祖。

《招隐士》因其独特的艺术风格及很高的美学价值，历来为人们所推重，堪称汉代骚体赋的精品。它虽然不是缅怀屈原的作品，但从其风格看，这仍然是一群诗人对于那一位大诗人的致敬。

不仅仅是淮南小山，楚辞的影响已经沁入皖人的血脉深处。刘邦和项羽垓下之战时的"四面楚歌"，亦让人唏嘘不已；巢湖的民歌，就脱胎于楚歌，至今仍在传唱。楚，以它魔幻般的想象力和神话色彩，以它的动人心魄和缠绵悱恻，在诗歌精魂的身上打上了深深的烙印，也成为安徽诗歌的一个带有神话和魔幻色彩的源头。

三、壮士聊发千年叹

三国时期的曹丕说"文以气为主",这句话似乎是照着乃父的样子来写的,因为曹操正是一等一的元气饱满、淋漓酣畅之人。

首先,曹操的诗有一股悲凉之气。这表现为曹操对于社会现实的深切关注和对于天下苍生的深切关怀。

曹 操

作为汉末政坛的领袖,曹操目睹了中国历史上旷日持久的战争,感受到了战争给人民带来的巨大灾难。他用汉代乐府诗来表现现实生活,反映民生疾苦。但是,他又不是完全继承乐府的形式,而是以古题写时事,所以曹操又被称为"改造文章的祖师"（鲁迅《魏晋风度及文章与药及酒之关系》）。建安诗人从精神实质上继承了汉乐府"感于哀乐，缘事而发"的写实作风，曹操也不例外，如《蒿里行》《苦寒行》《薤露行》等，为他的创作赢得了"汉末实录"和"史诗"之盛誉。我们读曹操的诗，就像读东汉末年的历史；读曹操的诗，就像看一幅幅画，一个个活生生的事实呈现在我们面前。不仅是曹操的诗歌，其他的建安诗人都曾描写过战争带来的苦难。如曹植的《送应氏》中的句子"中野何萧条，千里无人烟"，王粲《七哀诗》中的"出门无所望，白骨蔽平原"等。但是由于曹操有过非凡的经历，因此他描写战争的诗歌就有着不同凡响的感觉。

且以《蒿里行》为例：

关东有义士，兴兵讨群凶。

初期会盟津，乃心在咸阳。

军合力不齐，踌躇而雁行。

势利使人争，嗣还自相戕。

淮南弟称号，刻玺于北方。

铠甲生虮虱，万姓以死亡。

白骨露于野，千里无鸡鸣。

生民百遗一，念之断人肠。

《蒿里行》逼真地反映了动乱年代人民的苦难。

"关东有义士，兴兵讨群凶。""义士"是指讨伐董卓的各位将领，"群凶"是指董卓等朝中乱臣。

"初期会盟津，乃心在咸阳。"曹操写了两个历史典故，第一个故事是说，商朝末年，商纣王无道，周武王会诸侯于盟津，联合讨伐；另一个故事是说，刘邦、项羽攻打秦时曾约定，谁先打下咸阳谁为王。

"军合力不齐，踌躇而雁行。"事情不能遂人愿，各路将领心怀鬼胎，不能统一，互相观望，丧失了打击董卓的机会。

"势利使人争，嗣还自相戕。"看来这各路的将领，目的不是匡扶汉室，而是为了保存实力，以便占领地盘，争权夺利。联军散后就开始互相残杀，闹得天下大乱。

"淮南弟称号,刻玺于北方。"前一句指袁术,后一句讲袁绍。当时,他们两人颇有实力,一南一北,都想做皇帝。

从"铠甲生虮虱"到"念之断人肠",是写军阀大混战给人民带来的灾难,充分表达了诗人愤怒伤感的心情。

《蒿里行》讲述了一个个历史故事,描写了人民的灾难。语言质朴,感情悲凉,表现了曹操诗的独特风格。曹操作为一个杰出的政治家,对东汉末年的现实社会有他自己独特的看法和立场。他有自己的理想,有自己的价值观,他尊奉汉室,恪守臣节。他爱护百姓,讲究礼让,希望社会安定,生产发展,人民过上安定的生活。

其次,曹操的诗有一股雄豪之气。从东汉末年开始,人们的生命意识开始觉醒,生命的自觉和文学的自觉交织在一起,诗歌也随之迎来了崭新的时代。曹操一方面感叹时光易逝,另一方面立志建功立业,这是儒家"天行健,君子以自强不息"的精神在他心灵深处的回响。

曹操由于其性格的多样性,在古代被刻画成是一个大奸雄的形象,虽有宏才大略,高远志向,但世人很少能理解,所以在《三国演义》等书中曹操是一个反面的人物。直到近代郭沫若和鲁迅等人,才给了曹操一个比较公平的评价。"综观其一生大节,瑕不掩瑜,功大于过。"(李景华《建安诗传》)我们可以从曹操的诗歌里看到曹操的思想和人格轨迹。在《短歌行》里他写道:

> 对酒当歌,人生几何?譬如朝露,去日苦多。
>
> 慨当以慷,忧思难忘。何以解忧?唯有杜康。
>
> 青青子衿,悠悠我心。但为君故,沉吟至今。
>
> 呦呦鹿鸣,食野之苹。我有嘉宾,鼓瑟吹笙。
>
> 明明如月,何时可掇?忧从中来,不可断绝。
>
> 越陌度阡,枉用相存。契阔谈宴,心念旧恩。
>
> 月明星稀,乌鹊南飞,绕树三匝,何枝可依?
>
> 山不厌高,海不厌深。周公吐哺,天下归心。

　　曹操面对世事的变化而感慨时光易逝，但自己尚未建功立业，或者说功业未就。受强烈的使命感驱使，他写道："山不厌高，海不厌深。周公吐哺，天下归心。"这是以周公的求贤若渴、礼贤下士，来表明他同样渴望贤才来帮助自己建功立业。他"不戚年往，忧世不治"（《秋胡行》），表达了强烈的忧患意识和进取意识。

　　《观沧海》是曹操最著名的诗作之一：

> 东临碣石，以观沧海。
> 水何澹澹，山岛竦峙。
> 树木丛生，百草丰茂。
> 秋风萧瑟，洪波涌起。
> 日月之行，若出其中；
> 星汉灿烂，若出其里。
> 幸甚至哉，歌以咏志。

《观沧海》

诗人描述了登碣石山看到的自然风光，刻画了大海的形象、大海的性格。海水微波荡漾，岸边山岛树木，百草丰茂。后又写大海吞吐日月星辰，表现了自然界雄伟壮阔的场面。曹操生于乱世，有心统一天下，救民于水火，《观沧海》抒发了他气吞山河的情怀。历史学家范文澜评价曹操说："他是拨乱世的英雄，所以表现在文学上，悲凉慷慨，气魄雄豪。"

再如《龟虽寿》：

> 神龟虽寿，犹有竟时。
> 腾蛇乘雾，终为土灰。
> 老骥伏枥，志在千里；
> 烈士暮年，壮心不已。
> 盈缩之期，不但在天；
> 养怡之福，可得永年。
> 幸甚至哉，歌以咏志。

这首诗充满着积极进取、自强不息的精神。东汉末年的战乱，给生产力带来极大破坏，经济萧条，白骨累累，感伤颓废的情绪也由此笼罩着诗人。曹操的这首诗恰如一阵春风，吹散了这种伤感的情绪。他的乐观主义精神是难能可贵的。"老骥伏枥，志在千里；烈士暮年，壮心不已"成为流传千古的名句，激励人生的进取。在困难时期，曹操能激流勇进，积极向上，敢于向命运挑战，这是一种十分高尚的人生情操。

《龟虽寿》

再次，曹操的诗有一股本真之气。曹操的诗中，不仅有宏大的叙事和远大的抱负，还有十分细腻的情感。这表现为两个主题，一是思念家乡，二是游仙抒情。

曹操不但是建安时期杰出的文学家、政治家，而且是一个军事家。他"登高必赋，及造新诗，被之管弦，皆成乐章"。如《苦寒行》一诗写于建安十一年（206）正月远征途中，时天气奇寒，山路极难走，兵士苦不堪言。"行行日已远，人马同时饥。担囊行取薪，斧冰持作糜。悲彼《东山》诗，悠悠令我哀。"诗歌真切地描写了行军时的艰苦情况。曹操同情将士，由此想到了《东山》篇，曲折地表达了战士的思乡之情。《却东西门行》中则写道："戎马不解鞍，铠甲不离傍。冉冉老将至，何时返故乡？神龙藏深泉，猛兽步高冈。狐死归首丘，故乡安可忘！"更加明确地表达了战士的思乡之情。

另一方面，曹操的作品中有大量的游仙诗，用以抒写自己面对生死的复杂感情。在诗歌史上，秦博士的《仙真人诗》是较早出现的游仙诗，其后汉乐府中也留存了一些此类作品。曹操是集中写作游仙诗的第一个诗人，并且他的游仙诗改变了以往这一类诗意境较为单纯的局面，使游仙诗在魏晋时期取得了与玄言诗、山水诗并列的地位。在《气出唱》三首中，曹操描写自己"驾六龙，乘风而行"，遨游蓬莱，与仙人往来，获得了养气等长寿之术，然后又先后登上华阴山、昆仑山、君山等仙境，与西王母、赤松子、王子乔等仙人饮酒观舞，互祝长寿。在《陌上桑》中，诗人描写自己"驾虹霓，乘赤云"直登昆仑，与西王母、东君、赤松子、羡门高等传说中的神仙相交，接受了他们传授的"秘道"，"若疾风游欻飘翩"般在大自然中飞行，最后以"寿如南山不忘愆"作结。《精列》一诗，写诗人有感于造化创造万物"莫不有终期，圣贤不能免"而盼望能驾起螭龙，登上昆仑、蓬莱，超脱于生死之外。然而，想起连大禹、周公、孔子那样的圣人也不免一死，则神仙不死之说终属虚妄，"君子"只有承认活一年少一年的事实而"弗忧"。从曹操的这些游仙诗中，我们可以看到，这些诗有的是生命的赞歌，有的是对超越造化的自由的向往，有的则是以社会理想来克服个人死亡恐惧的理性思辨。

无论是思乡诗，还是游仙诗，都是曹操真情实感的流露和宣泄。这种或浓或淡的伤感和幸福，这种或深或浅的矛盾和纠结，更反映出曹操真实的一面，即他对于"人之常情"的贴近。

建安时期是一个"国家不幸诗家幸"的时代，建安文学在我国文学史上有着重要的地位。建安时期，在曹操的带领和影响下，建安集团的文学创作异常繁荣。可以说，没有曹操，就没有建安文学。

郭沫若指出："建安文学在中国文学史上是有划时代的表现的。"以曹操为代表的建安文人，开创了一代新风，推动了时代的发展，同时促进了诗歌和散文的繁荣昌盛。曹操诗歌具有强烈的现实主义精神，慷慨悲凉、刚健豪放，其优秀的四言诗，使四言诗重新获得艺术的生命力。而他个性禀赋中的大格局、大气魄、大性情，也显著地拓展了中国诗歌的思想疆域和情感疆域。

四、白马美人总相宜

　　有两个曹植，一个是其兄曹丕即位前的曹植，白马少年，青春无敌，豪气干云；一个是曹丕即位后的曹植，失势青年，美人迟暮，怨气连连。

> 煮豆燃豆萁，
> 豆在釜中泣。
> 本是同根生，
> 相煎何太急？

　　这首大多数中国孩子都会背的小诗，正是曹植在曹丕的胁迫下，对于骨肉相残的哀泣。这首诗真正的渊源不可考究，流传的版本亦有不同，出于曹植之手的可能性也并不高，可是从这首诗里，还是可以看出曹氏兄弟间相互争斗猜忌确属事实。

　　曹植，字子建，曹丕之弟。曾封陈王，死后谥曰"思"，故后世称陈思王。在建安文人中，他是留存作品最多、对后世影响最大、后世评价最高的一位。钟嵘称他为"建安之杰"，谢灵

《七步诗》

运曾说"天下才有一石，子建独得八斗，余一斗，天下人共一斗"。

　　曹植是一个悲剧人物。他的悲惨遭遇，是与他和曹丕争当太子的经历密切相关的。他少时以才思敏捷而深得曹操的宠爱，但由于他放纵不羁，缺乏政治家的成熟与老练，最终在与曹丕的明争暗斗中失败。曹丕继位后，他位为藩侯，但曹丕对他颇多猜忌，屡屡更换封地；加上曹丕的部下多方谗毁，他受到了严厉的迫害，名为侯王，行动却不得自由，动辄得咎，形同囚徒。魏明帝曹叡即位后，他希望改变自己的地位，多次上书，力图得到任用，但仍得不到信任，最终郁郁而终，年仅41岁。

　　曹植的诗歌今存80余首，辞赋、散文40余篇，就其创作经历来看，大致以建安二十五年（220）曹丕即位为界，分为前后两个时期。《白马篇》和《鰕䱇篇》可说是前期作品的代表，充满豪迈气概，洋溢着自信自负的少年意气。建安诗人，大都具有远大的理想、美好的愿望。曹植更是如此，他"生乎乱，长乎军"，从小接受父亲的教诲，并且年轻时曾跟随其父转战疆场。现实生活的熏陶、超乎众人的才能，致使他建功立业的理想越来越强烈，《白马篇》便把他建功立业的雄心壮志表现得非常鲜明。

　　　白马饰金羁，连翩西北驰。借问谁家子，幽并游侠儿。
　　　少小去乡邑，扬声沙漠垂。宿昔秉良弓，楛矢何参差。
　　　控弦破左的，右发摧月支。仰手接飞猱，俯身散马蹄。
　　　狡捷过猴猿，勇剽若豹螭。边城多警急，虏骑数迁移。
　　　羽檄从北来，厉马登高堤。长驱蹈匈奴，左顾凌鲜卑。

　　这里，诗人给我们刻画的一个武艺高超、勇敢机智、捐躯赴难、奋不顾身的游侠少年英勇形象，正是诗人心目中的理想人物，是作者理想、意志的形象体现。在曹植的其他诗篇里，这种"捐躯赴国难，视死忽如归"的雄心壮志时有表露。如："国仇亮不塞，甘心思丧元。"（《杂诗》）"高念翼皇家，远怀柔九州。"（《鱼篇》）"愿得展功勤，输力于明君。"（《薤露行》）都表现了他的理想和抱负。郭茂倩在阐发《白马篇》的主旨时曾这样说：《白马篇》"言人当立功、立事，尽力为国，不可念私也"。这是颇为中肯的评价。总之，曹植这些抒发自己建功之志的诗篇，充分体现了他强烈的爱国主义思想，展

《白马篇》

现了积极用世、奋发向上的精神风貌。

　　后期由于是在曹丕父子的猜忌、迫害下忍辱求生,曹植的心情极为悲愤苦闷,所以其作品内容与风格都发生了很大的变化。那种豪迈自信、昂扬乐观的情调没有了,取而代之的是深沉的愤激与悲凉。作品集中抒写的是对个人命运、前途的失望,对曹丕集团的怨恨,对自己在碌碌无为中空耗生命的哀伤,以及对自由生活的向往。同时,他在自己仕途坎坷的经历中,亲身体验到了封建统治者的冷酷、凶残,看到了社会政治的黑暗和腐败,因此,曹植的诗作也直接或间接地反映了这一现实。如在《赠白马王彪》一诗中,诗人通过对其回国途中和白马王彪被迫分手的悲愤心情的描写,反映了封建统治集团对有志之士的迫害,诗人愤不自禁,十分深刻地揭露了"鸱枭鸣衡轭,豺狼当路衢"的黑暗现实。

　　《七哀》是曹植后期的代表作:

　　　　明月照高楼,流光正徘徊。上有愁思妇,悲叹有余哀。
　　　　借问叹者谁,云是宕子妻。君行逾十年,孤妾常独栖。

　　君若清路尘，妾若浊水泥。浮沉各异势，会合何时谐？

　　愿为西南风，长逝入君怀。君怀良不开，贱妾当何依？

　　《七哀》全诗的情感曲折凄婉、含蓄意深，既有《诗经》哀而不伤的庄雅，同时也保留了《古诗十九首》温丽悲远的情调。其开头两句用的是托物起兴的手法。明月在中国诗歌传统里，往往起着情感发动机的作用，常常会撩起诗人绵绵不尽的思绪。所以当皎洁的明月照着高楼时，伫立在高楼上登高望远的思妇，在月光的沐浴下伤叹着无尽哀愁。曹植接着采用自问自答的形式，牵引出怨妇幽幽地叙述悲苦的身世，这同时也牵引出曹植对自己坎坷境遇的感慨。从明月撩动心事到引述内心苦闷，曹植写得流畅自然，不着痕迹，难怪能成为"建安绝唱"。

　　丈夫外行已经超过十年，为妻的常常形只影单。夫妻本来像尘和泥那般共同一体，如今丈夫却像路上的轻尘，自己则成了水中的浊泥，一浮一沉，地位迥不相同，什么时候才能重归于好？曹植于此自比"浊水泥"的弃妇，那么"清路尘"指的自然是曹丕曹叡了。曹丕继位后不再顾念手足之情，曹叡称王时也对他这个叔叔的请求无动于衷。所以，曹植用了浊泥和轻尘的远离相互映照，衬托出和兄长侄子形势两异的遥远距离。曹植是多么盼望着骨肉相谐和好，多么期盼能在曹丕曹叡身旁效力献功。所以，他说但愿能化作一阵西南风，随风重投丈夫，也就是兄长侄子的怀抱。可是兄长侄子的怀抱若是不展开，曹植"戮力上国，流惠下民，建永世之业，流金石之功"的抱负又如何能够实现呢？

　　人们往往会在外部环境的压迫之下激发出潜在的巨大力量，曹植就是。当他意气风发、开朗无忧的时候，只能写些骑马射箭、山明水秀的诗文，大部分没什么深刻内涵。真正为人称道的，反而是后来落魄时迸发出来的思想火花。所以，刘勰才会以"思王以势窘溢价"，而司马迁才会认为好的文章"大抵圣贤发愤之所为作也"。古今有多少怀才不遇的文人，他们的命运和曹植是十分相似的，故他们对曹植多怀抱着同情和认同。这也是曹植受人推崇的重要原因之一。同时，曹植诗里的哀伤更具有一种普遍性，因此能引起更广泛人群的共鸣。

　　从另一个角度来看，后期的曹植虽然主要是怨气，诗中的主要形象是见弃的美人，但在骨子里，仍然是与前期的豪气白马少年一脉相承的。曹植的这些诗作，貌似柔和素雅，但细细玩味，却又觉得劲健慷慨。除《七哀》外，还有《种葛篇》《浮萍篇》《杂诗》等，或写空闺愁妇思恋丈夫的柔情蜜意，或写被丈夫遗弃的妇女的哀怨愁苦。表面上缠绵悱恻，婉约柔和，但字里行间，我们又不难感受到作者的块垒不平之气。在"弃置委天命，悠悠安可任"的哀叹声中，我们又不难体味到一股沉郁浑厚的力量。因此，在曹植的诗里，柔和素雅与刚健慷慨是和谐统一在一起的，而柔和素雅的艺术风格只不过是曹植刚健慷慨性格的一种特殊的外化形式，无怪乎钟嵘要评价为"骨气奇高"了。正因为"骨气"常在，所以"白马美人总相宜"。

曹　植

　　曹氏一门三杰，但三个人中对后世影响最深的，不是领起一代风云的君王曹操、曹丕，而是落寞失意的曹植。曹植的诗是有突出成就的，不仅在当时超越于建安诸子之上，独步诗坛，而且在诗歌发展史上有着突出的地位，对后代的诗人产生了深远的影响。

　　其一，曹植继承和发展了古典文学中现实主义的创作方法。远在西周、春秋时期出现的我国第一部诗歌总集《诗经》，十分鲜明地表现出了"饥者歌其食，劳者歌其事"的现实主义精神。汉代乐府民歌继承了《诗经》的现实主义传统，更广泛、更深刻地反映了当时的社会生活和人民的思想情感。但是，《诗经》以及汉乐府民歌均属于民间文学，现实主义创作方法真正在文人的诗歌中得到运用，还是建安时期的事情。正是曹植等人诗歌的现实主义成就，吸引了后代的不少诗人，激发了他们描写现实、反映世事的创作热情。从曹植等人的乐府诗写作到杜甫的新乐府创作和白居易的新乐府运动，不难看出他们之间密切的继承关系。伟大的现实主义诗人杜甫对曹植的诗极为推崇，给予了高度的评价："赋料扬雄敌，诗看子建亲"（《奉赠韦左丞丈二十二韵》），"子建文章壮，河间经术存"（《别李义》）。

其二，曹植大大强化了诗歌的抒情性，个性更加鲜明。就诗歌体裁来看，曹植诗作中有不少乐府诗，但是他运用乐府体裁，不是简单地模仿，而是在诗中更多地注入了个人的感情，从而将乐府诗的以叙事为主，改变为以抒情为主。现代学者王瑶说："他诗中的抒情成分加多了，有了鲜明的个性，因此独成大家。"比如他的《美女篇》，从形式上看是模仿汉乐府《陌上桑》。但汉乐府叙述的是采桑女巧妙地拒绝太守调戏的故事，以叙事为主，而《美女篇》主要表现的是美女盛年未嫁的苦闷。他以美人迟暮的苦恼，寓托自己怀才不遇的感慨，这样就注入了个体的感情，具有了独特的个性。在这一点上，他较曹丕的单纯模仿民歌胜出一筹，因为曹丕的诗好像总是在替别人诉说衷肠，看不到自己的个性。

其三，曹植以他大胆的创新精神，对五言诗的发展做出了可贵的贡献。《诗经》大多采用四言形式。随着社会生活的发展，这种古老的四言形式已经不能容纳日益丰富的生活内容，也不能尽情抒发作者的思想情感。特别是到了建安时代，时代的风云变幻、激昂慷慨的思想情怀，已经很难用固有的四言诗来反映。这样，诗歌形式方面的革新就势在必行了。曹操一方面用乐府旧题写时事，另一方面又尝试着五言诗的创作。但是，曹操的五言诗写得太少，也没有使五言诗得到更大的发展。是曹植，以他那勇于创新的精神，对五言诗的创作进行了反复的探索。经过他的不懈努力，五言诗这种始自西汉歌谣、乐府民歌的新形式才逐渐臻于成熟。曹植在中国诗歌发展史上具有了里程碑的作用，为后代诗人从事五言诗的创作提供了有益的经验。

其四，曹植对于诗歌的形式美进行了孜孜不倦的探求。魏晋南北朝是个文人自省自觉的时代，曹丕的反省在于对文体的辨析，而曹植的醒觉，则表现在对中国语言文字特色的体认和把握上。他的诗在结构上更讲究，尤其是发端很精警。汉乐府诗往往以气为主，自然道来，无意于工巧，而曹植诗则更注重结构的安排，他常常以带有强烈的主观感情色彩的景物描写开头，渲染气氛，笼罩全篇。如他的《赠徐干》："惊风飘白日，忽然归西山。圆景光未满，众星粲以繁。"以白日西归、星月忽至来写时光的流逝之速；《野田黄雀行》："高树多悲风，海水扬其波。"以激烈动荡的景象，暗示作者心境的不平和处境的险恶，等等。所以，沈德潜说他"极工于起调"（《说诗晬语》）。他的诗在语言上也更讲究，尤其表现在注重对偶以及锤炼字句上。曹植诗歌中对偶句极多，开启了魏晋诗歌趋向骈偶化之路。如"秋兰被长坂，朱华冒绿池"（《公宴》），"阊阖启丹扉，双阙曜朱光"（《五游咏》）。再如炼字的句有"清风飘飞阁"（《赠丁仪》），"明月澄清影"（《公宴》），"清池激长流"（《赠王粲》）等，经过诗人的精心锤炼，达到了十分惊艳的效果。这为后来南北朝诗人注重修辞技巧开了先河。他的诗歌对自然景物有了较多的描写，这也改变了乐府诗的面貌，对后世产生了很大的影响。

后代的诸多诗人都自觉地模仿起曹植的诗，从中吸取丰富的艺术养料。有的学习曹植谋篇布局的章法，如严羽的《从军行》、杜甫的《出塞》起承转合，全都借鉴曹植的《白马篇》。谢惠连的《西陵遇风献康乐》、谢灵运的《酬从弟惠连》、杜甫的《陪郑广文游何将军山林》都本于曹植的《赠白马王彪》。有的诗人甚至借用或化用曹植诗句，将之融合在自己的诗作之中。谢朓的"大江流日夜，客心悲未央"的起调极似曹植，王维的"劝君更尽一杯酒"、杜甫的"异方惊会面，终宴惜征途"都化用曹植"今日同堂，出门异乡，别易会难，各尽杯觞"的诗句。杜甫的"乾坤万里内，莫见客身畔"、孟郊的"出门即有碍，谁谓天地宽"化用了曹植诗句"四海一何局，九州安所知"的诗意。仅此数例，足以说明曹植对后代诗人的影响之大。

后世之人望着诗歌的精魂，在汉末的乱世里游走，它在曹氏的大门之前久久地徘徊，最后化身为一位骑着白马的英俊少年；而下一个瞬间，灿烂的阳光被清冷的月光所代替，这追风少年又化作临窗愁坐的仕女……两种场景、两个身影重叠在一起，成为中国诗歌史上永恒的画面。

五、竹林深处有长啸

　　建安之后，又有"正始之音"。"正始"是魏齐王曹芳的年号。"正始之音"又叫"正始文学""正始体""正始诗歌"，它主要是指曹魏后期20多年的诗歌创作。

　　随着曹植的去世，建安文学宣告结束。新一代诗人阮籍、嵇康相继登场，诗风由建安时的慷慨悲壮变为"寄托遥深，词者渊永"。这标志着诗歌创作进入一个新阶段。

　　当时的政坛黑暗恐怖，司马氏用血腥手段清除政敌，建安文学中高扬奋发、积极进取的主导精神，已被深刻的理性思考和尖锐的人生悲哀所代替。这一时期，名士如云，最著名的是"正始名士"与"竹林名士"两大集团。前者的代表人物是何晏、王弼、夏侯玄，其主要成就在哲学方面；后者又称"竹林七贤"，其成就主要在文学方面。

　　魏晋名士由于精神苦闷，往往放浪形骸，有的服药（五石散），有的饮酒，有的兼其二者。阮籍、嵇康、刘伶、向秀、山涛、阮咸、王戎等七人常分散于竹林之下，喝酒纵歌，肆意酣畅，故称"竹林七贤"。七贤中，山涛、王戎、阮咸无作品传世，刘伶留有《酒德颂》和五言诗一首，向秀仅有《思旧赋》一篇，成就远不及阮、嵇。

　　阮籍（210—263），字嗣宗，陈留尉氏（河南开封）人，阮瑀之子。曾任步兵校尉，故称阮步兵。他与嵇康同样反对司马氏，也同样以"自然"与"名教"相对抗。不过，阮籍在"自然"与"名教"的矛盾中持调和态度。

傅抱石画作《竹林七贤》

他似乎把一切都看穿了，抱着虚无和厌世的态度，终日沉湎于酒中。他对司马氏的反抗虽不如嵇康激烈，但最终也难免于被杀害。

阮籍的代表作是《咏怀诗》82首。这些诗非一时一地所作，是其政治感慨的记录。这些诗抒激愤、发议论、写理想，开创了中国文学史上政治抒情组诗的先河，最著名的是其中的第一首：

> 夜中不能寐，起坐弹鸣琴。
>
> 薄帷鉴明月，清风吹我襟。
>
> 孤鸿号外野，翔鸟鸣北林。
>
> 徘徊将何见？忧思独伤心。

嵇康（223—262），字叔夜，谯国铚（今安徽宿州西）人，他系魏宗室姻亲，曾为魏中散大夫，故后世称为嵇中散。像阮籍一样，他也酷爱老庄，且精通音乐。处于魏、晋易代之际，他心存警惕，力图恬静寡欲，韬晦自全。阮籍纵情于饮酒，他则着意于服药。在反对虚伪礼教方面，他与阮籍颇为一致，但在理论上嵇康更成体系，态度更为明确、坚决。他提出要"越名教而任自然"（《释私论》），这是公然要抛弃名教。嵇康的个性也与阮籍不同，他"刚肠疾恶，轻肆直言，遇事便发"，终于得罪了当政者，被捕下狱。行刑时虽有三千太学生请愿，也无济于事。

嵇 康

　　嵇康的诗，现存50余首，有四言、五言、七言和杂言，而以四言成就最高。其四言诗句式短促，"文约意广"（《诗品》）。汉以后随着社会生活的日趋繁复和诗歌表现形式的不断变化，能像曹操那样写出优秀的四言诗的作家已寥若晨星，嵇康是继曹操之后在四言诗创作方面取得成就的人，其代表作是《赠秀才入军》十八首和《幽愤诗》。

　　《赠秀才入军》十八首是诗人送其兄嵇喜入司马氏军幕而作，表现了兄弟离别的痛苦与惜别，也包含着对人生的慨叹与追求。这些诗或矫健超迈，或清丽婉转，虽多仿效《诗经》的体格，但谋篇布局独具匠心，传神写态亦多会心独到之语。

赠秀才入军（其十四）

息徒兰圃，秣马华山。

流磻平皋，垂纶长川。

目送归鸿，手挥五弦。

俯仰自得，游心太玄。

嘉彼钓叟，得鱼忘筌。

郢人逝矣，谁与尽言？

30

此诗回忆过去与嵇喜游览、隐居的生活，抒写惜别之情，情韵悠远。以"目送归鸿，手挥五弦"状忘情世务、悠然神远之态，尤为千古名句。又如其九：

> 良马既闲，丽服有晖。
> 左揽繁弱，右接忘归。
> 风驰电逝，蹑景追飞。
> 凌厉中原，顾盼生姿。

此诗想象嵇喜从军时倜傥豪迈的风姿，亦描绘入神。与曹植《白马篇》相比，既有游侠儿的英武豪迈气概，又多了一种洒脱神情。

《幽愤诗》是嵇康的重要作品，是研究嵇康个性与思想的至为重要的文本。全诗如下：

> 嗟余薄祜，少遭不造。哀茕靡识，越在襁褓。
> 母兄鞠育，有慈无威。恃爱肆姐，不训不师。
> 爰及冠带，凭宠自放。抗心希古，任其所尚。
> 托好老庄，贱物贵身。志在守朴，养素全真。
> 曰予不敏，好善暗人。子玉之败，屡增惟尘。
> 大人含弘，藏垢怀耻。民之多僻，政不由己。
> 惟此褊心，显明臧否。感悟思愆，怛若创痏。
> 欲寡其过，谤议沸腾。性不伤物，频致怨憎。
> 昔惭柳下，今愧孙登。内负宿心，外恧良朋。
> 仰慕严郑，乐道闲居。与世无营，神气晏如。
> 咨余不淑，婴累多虞。匪降自天，实由顽疏。
> 理弊患结，卒致囹圄。对答鄙讯，絷此幽阻。
> 实耻讼免，时不我与。虽曰义直，神辱志沮。
> 澡身沧浪，岂云能补。雍雍鸣雁，厉翼北游。
> 顺时而动，得意无忧。嗟我愤叹，曾莫能俦。
> 事与愿违，遘兹淹留。穷达有命，亦又何求。
> 古人有言，善莫近名。奉时恭默，咎悔不生。

万石周慎，安亲保荣。世务纷纭，只搅予情。

安乐必诫，乃终利贞。煌煌灵芝，一年三秀。

予独何为，有志不就。惩难思复，心焉内疚。

庶勗将来，无馨无臭。采薇山阿，散发岩岫。

永啸长吟，颐性养寿。

　　读这首诗，首先应该了解它的写作背景。干宝《晋纪》载："康有潜遁之志，不能被褐怀宝，矜才而上人。（吕）安，巽庶弟，俊才，妻美。巽使妇人醉而幸之，丑恶发露，巽病之，告安谤己。巽于锺会有宠，太祖遂徙安边郡。遗书与康：'昔李叟入秦，及关而叹'云云。太祖恶之，追收下狱，康理之，俱死。"当时，嵇康好友吕安被其兄吕巽诬陷入狱，于是引康证明吕巽之丑恶及己无不孝之罪。正直的嵇康义不负心，保明其事，遂牵连入狱。锺会乘机谮之，一代奇士嵇康竟至被杀。这首诗即为嵇康因吕安事被收狱中所作。然而，这首诗的产生有着更为深刻的时代原因，并且与诗人的独特个性有极为密切的关系。嵇康是竹林七贤中思想最为激烈的斗士，毫不留情地攻击司马氏提倡的虚伪名教。此外，他的性格又极为矛盾：一方面以庄子为师，追求遗世放达；另一方面却又刚肠疾恶、轻肆直言，为当时社会所不容。嵇康被牵连入狱以至被杀，就是他的激烈思想和刚直个性导致的结果。

　　《幽愤诗》大致可以分为四段。第一段："嗟余薄祜"至"养素全真"。作者自述青年时代就已形成的桀骜性格和放逸隐居的志向。从前八句可见，嵇康因从小丧父，为母兄溺爱，没有受过严格的儒学熏陶，这对于形成他日后喜爱庄老的思想和任情肆志的性格不无关系。接下来"爱及"八句就讲到自己的爱好和志向。这八句诗，既是嵇康思想和性格的写照，也集中概括了魏晋名士的追求的普遍品格。这一段为全诗奠定了反省生平行事的基调。

　　第二段："曰予不敏"至"岂云能补"。这一段主要是自责在吕安事上的粗疏。这一点嵇康在《与山涛书》中就已认识到，所谓"不识人情，暗于机宜"。而在吕安事上，他又一次暴露了自己的弱点。"暗人"指吕巽，嵇康与吕巽的交好比与吕安的交结要早，对这么一个"暗人"，自己却受其蒙骗，相信了他不再与吕安吵下去的虚假承诺。岂知后来吕巽倒打一耙，反而诬告吕安，以致嵇康受牵连入狱。"子玉"二句，用《左传》僖公二十七年子文荐子玉，终于造成楚国日后失败的史实，比喻自己因为相信吕巽，反而遭到灾祸。"大人"二句，分别用《周易》和《左传》的典故，原意是说，大人物胸怀宏大，能"藏垢怀耻"。这里反用其意，是说自己生性容不得邪恶，所以后面说，"惟此褊心，显明臧否"。这两句诗是作者对自己性格的深刻剖析，他不能像"大人物"那样"胸怀宏大""藏垢怀耻"，而要显明事物的是非善恶。嵇康是以庄周为师的，而庄周主张"此亦一是非，彼亦一是非"，认为客观世界不存在什么是非之分。嵇康在理智上认同庄子，但实际言行却往往暴露鲜明的是非好恶之形，这就是他自责"褊心"的原因。其实，所谓"褊心"，恰恰是嵇康正直和"任侠"性格的表现。"感悟"二句承上，意思是说自己意识到立身行止的粗疏，因而痛心如创伤，从前曾自愧缺乏柳下惠那样坚持直道的精神，现在却悔恨为什么不听隐士孙登的告诫。据《魏氏春秋》："初，康采药于中北山，见隐者孙登。康欲与之言，登默然不对。逾年将去，康曰：'先生竟无言乎？'登乃曰：'子才多识寡，难乎免于今之世也。'"嵇康才多识寡的毛病，果然为孙登言中！"仰慕"四句写作者对西汉隐者严君平和郑子真的向往。当此身陷囹圄之际，嵇康自然愈加向往那些安贫乐道、终其天年的高士。"理弊"八句写作者在狱中的遭遇及心情。根据《晋书·嵇康传》中钟会诋毁嵇康以及《文士传》中钟会庭论嵇康的记载，当日狱吏罗致嵇康的罪状大致不外乎以下三点：一是轻时傲世，不为物用；二是欲助毋丘俭造反；三是言论放荡，非毁典谟。嵇康知道自辩也不会有什么效果，所以"实耻讼免"，不屑与狱吏争辩是非曲直，而把身受的谤冤归结为不遇明时。然而，虽然自己"义直"，身陷囹圄却终究会叫人"神辱志沮"。末后"澡身"二句，表达了作者悔之莫及的大痛。

第三段："雍雍鸣雁"至"心焉内疚"。这一段集中抒写作者对于自身悲剧的愤叹。"雍雍"四句描写振翼高飞、顺时而动的鸣雁。在嵇康诗歌中经常出现飞鸟形象。如"焦鹏振六翮，罗者安所羁"（《述志诗》二首），"双鸾匿景曜，戢翼太山崖"（《五言赠秀才诗》），"鸾凤避罻罗，远托昆仑墟"（《答二郭诗》三首）。飞鸟翱翔在广阔的天空，顺时而动，得意忘忧，它们是自由的象征，是诗人的向往与追求。自由自在的飞鸟，正与身处困境的作者形成鲜明的对照，这自然使作者异常愤叹。"穷达有命，亦又何求。"作者又一次把自己的不幸归结为命运的摆布。以下"古人有言"十句，引用先哲的教诲和汉代石奋及其四子周慎谨密的典故，自责生性顽疏。"煌煌"四句，慨叹自己的有志不就。这一段从奋翼北游的鸣雁、安亲保荣的石奋、一年三秀的灵芝等形象，联系到自己有志不就的一生悲剧，反复抒发愤叹之情，感情十分沉痛。

第四段："庶勖将来"至最末"颐性养寿"。作者再次申明他的"志在守朴，养素全真"的本志。这几句表现的仍是拒不与司马氏合作的倔强态度。

在《幽愤诗》里，嵇康再次鲜明地表现出他的清醒理智与耿介个性之间的深刻矛盾，坦露他反对司马氏集团的政治态度。由于《幽愤诗》确实呈现出强烈的自责、自伤的感情色彩，因此有人评价此诗是士族文人嵇康软弱性的表现。其实，这种观点由于没有深刻把握嵇康的思想和矛盾性格，因而并不符合真实的嵇康形象。

《幽愤诗》的写作特点之一是以内心独白方式反复抒情。作者陷于囹圄之中，无人可与晤谈，而满腔的忧郁和幽愤，又迫切需要排遣，这样就自然而然地形成反复抒情的特点。写作特点之二是引用典故较多，也较贴切。如"子玉之败"用《左传》；"民之多僻""惟此褊心""匪降自天""雍雍鸣雁"等借用《诗经》成句；"仰慕严郑""万石周慎"等用《汉书》；"善莫近名"出于《庄子》等。

钟嵘《诗品》评嵇康诗曰："过为峻切，讦直露才，伤渊雅之致。"意思是说嵇诗过分峻拔直露，表现出横议是非的特色，缺少含蓄高远之致。刘熙载《艺概》说"叔夜之诗峻烈，嗣宗之诗旷逸"，比较了嵇、阮两家诗的不同风格，并以"峻烈"二字概括嵇诗风格。陈祚明《采菽堂古诗选》说得更明晰："嵇中散诗如独流之泉，临高赴下，其势一往必达，不作曲折潆回，然固澄澈可鉴。"

"虽千万人吾往矣"，嵇康这种"一往必达"的真性情，特别为后人所钦敬，对他的诗，亦如此。黄庭坚认为，其诗"豪壮清丽，无一点尘俗气"（《书嵇叔夜诗与侄榎》）。鲁迅对嵇康也是情有独钟，特地辑校《嵇康集》，收入《鲁迅全集》中。

六、孔雀悲鸣动古今

　　中国古代长篇叙事诗《孔雀东南飞》诞生于安徽，最早见于《玉台新咏》。这首叙事诗共356句，1780个字，故事完整，语言朴素，人物性格鲜明突出，结构紧凑完整，结尾运用了浪漫主义手法，是汉乐府民歌的杰作。五四以来，它被改编成各种剧本，搬上舞台。

越剧《孔雀东南飞》海报

　　全诗如下：

　　序曰：汉末建安中，庐江府小吏焦仲卿妻刘氏，为仲卿母所遣，自誓不嫁。其家逼之，乃投水而死。仲卿闻之，亦自缢于庭树。时人伤之，为诗云尔。

孔雀东南飞，五里一徘徊。"十三能织素，十四学裁衣，十五弹箜篌，十六诵诗书。十七为君妇，心中常苦悲。君既为府吏，守节情不移，贱妾留空房，相见常日稀。鸡鸣入机织，夜夜不得息。三日断五匹，大人故嫌迟。非为织作迟，君家妇难为！妾不堪驱使，徒留无所施，便可白公姥，及时相遣归。"

府吏得闻之，堂上启阿母："儿已薄禄相，幸复得此妇，结发同枕席，黄泉共为友。共事二三年，始尔未为久，女行无偏斜，何意致不厚？"

阿母谓府吏："何乃太区区！此妇无礼节，举动自专由。吾意久怀忿，汝岂得自由！东家有贤女，自名秦罗敷，可怜体无比，阿母为汝求。便可速遣之，遣去慎莫留！"府吏长跪告："伏惟启阿母，今若遣此妇，终老不复取！"

阿母得闻之，槌床便大怒："小子无所畏，何敢助妇语！吾已失恩义，会不相从许！"

府吏默无声，再拜还入户，举言谓新妇，哽咽不能语："我自不驱卿，逼迫有阿母。卿但暂还家，吾今且报府。不久当归还，还必相迎取。以此下心意，慎勿违吾语。"

新妇谓府吏："勿复重纷纭。往昔初阳岁，谢家来贵门。奉事循公姥，进止敢自专？昼夜勤作息，伶俜萦苦辛。谓言无罪过，供养卒大恩；仍更被驱遣，何言复来还！妾有绣腰襦，葳蕤自生光；红罗复斗帐，四角垂香囊；箱帘六七十，绿碧青丝绳，物物各自异，种种在其中。人贱物亦鄙，不足迎后人，留待作遗施，于今无会因。时时为安慰，久久莫相忘！"

鸡鸣外欲曙，新妇起严妆。著我绣夹裙，事事四五通。足下蹑丝履，头上玳瑁光。腰若流纨素，耳著明月珰。指如削葱根，口如含朱丹。纤纤作细步，精妙世无双。

上堂拜阿母，阿母怒不止。"昔作女儿时，生小出野里。本自无教训，兼愧贵家子。受母钱帛多，不堪母驱使。今日还家去，念母劳家里。"却与小姑别，泪落连珠子。"新妇初来时，小姑始扶床；今日被驱遣，小姑如我长。勤心养公姥，好自相扶将。初七及下九，嬉戏莫相忘。"出门登车去，涕落百余行。

府吏马在前，新妇车在后。隐隐何甸甸，俱会大道口。下马入车中，低头共耳语："誓不相隔卿，且暂还家去；吾今且赴府，不久当还归。誓天不相负！"

新妇谓府吏："感君区区怀！君既若见录，不久望君来。君当作磐石，妾当作蒲苇，蒲苇纫如丝，磐石无转移。我有亲父兄，性行暴如雷，恐不任我意，逆以煎我怀。"举手长劳劳，二情同依依。

入门上家堂，进退无颜仪。阿母大拊掌："不图子自归！十三教汝织，十四能裁衣，十五弹箜篌，十六知礼仪，十七遣汝嫁，谓言无誓违。汝今何罪过，不迎而自归？"兰芝惭阿母："儿实无罪过。"阿母大悲摧。

还家十余日，县令遣媒来。云有第三郎，窈窕世无双。年始十八九，便言多令才。

阿母谓阿女："汝可去应之。"

阿女含泪答："兰芝初还时，府吏见丁宁，结誓不别离。今日违情义，恐此事非奇。自可断来信，徐徐更谓之。"

阿母白媒人："贫贱有此女，始适还家门。不堪吏人妇，岂合令郎君？幸可广问讯，不得便相许。"

媒人去数日，寻遣丞请还，说有兰家女，承籍有宦官。云有第五郎，娇逸未有婚。遣丞为媒人，主簿通语言。直说太守家，有此令郎君，既欲结大义，故遣来贵门。

阿母谢媒人："女子先有誓，老姥岂敢言！"

阿兄得闻之，怅然心中烦。举言谓阿妹："作计何不量！先嫁得府吏，后嫁得郎君，否泰如天地，足以荣汝身。不嫁义郎体，其往欲何云？"

兰芝仰头答："理实如兄言。谢家事夫婿，中道还兄门。处分适兄意，那得自任专！虽与府吏要，渠会永无缘。登即相许和，便可作婚姻。"

媒人下床去，诺诺复尔尔。还部白府君："下官奉使命，言谈大有缘。"府君得闻之，心中大欢喜。视历复开书，便利此月内，六合正相应。良吉三十日，今已二十七，卿可去成婚。交语速装束，络绎如浮云。青雀白鹄舫，四角龙子幡。婀娜随风转，金车玉作轮。踯躅青骢马，流苏金镂鞍。赍钱三百万，皆用青丝穿。杂彩三百匹，交广市鲑珍。从人四五百，郁郁登郡门。

阿母谓阿女："适得府君书，明日来迎汝。何不作衣裳？莫令事不举！"

阿女默无声，手巾掩口啼，泪落便如泻。移我琉璃榻，出置前窗下。左手持刀尺，右手执绫罗。朝成绣夹裙，晚成单罗衫。晻晻日欲暝，愁思出门啼。

府吏闻此变，因求假暂归。未至二三里，摧藏马悲哀。新妇识马声，蹑履相逢迎。怅然遥相望，知是故人来。举手拍马鞍，嗟叹使心伤："自君别我后，人事不可量。果不如先愿，又非君所详。我有亲父母，逼迫兼弟兄。以我应他人，君还何所望！"

府吏谓新妇："贺卿得高迁！磐石方且厚，可以卒千年；蒲苇一时纫，便作旦夕间。卿当日胜贵，吾独向黄泉！"

新妇谓府吏："何意出此言！同是被逼迫，君尔妾亦然。黄泉下相见，勿违今日言！"执手分道去，各各还家门。生人作死别，恨恨那可论？念与世间辞，千万不复全！

府吏还家去，上堂拜阿母："今日大风寒，寒风摧树木，严霜结庭兰。儿今日冥冥，令母在后单。故作不良计，勿复怨鬼神！命如南山石，四体康且直！"

阿母得闻之，零泪应声落："汝是大家子，仕宦于台阁。慎勿为妇死，贵贱情何薄！东家有贤女，窈窕艳城郭，阿母为汝求，便复在旦夕。"

府吏再拜还，长叹空房中，作计乃尔立。转头向户里，渐见愁煎迫。

其日牛马嘶，新妇入青庐。奄奄黄昏后，寂寂人定初。"我命绝今日，魂去尸长留！"揽裙脱丝履，举身赴清池。

府吏闻此事，心知长别离。徘徊庭树下，自挂东南枝。

两家求合葬，合葬华山傍。东西植松柏，左右种梧桐。枝枝相覆盖，叶叶相交通。中有双飞鸟，自名为鸳鸯。仰头相向鸣，夜夜达五更。行人驻足听，寡妇起彷徨。多谢后世人，戒之慎勿忘。

整首诗很长，但其结构清楚，层次分明。托物起兴（第1段）；开端：兰芝自遣（第2段）；发展：夫妻誓别（3～12段），兰芝抗婚（13～21段）；高潮：双双殉情（22～31段）；尾声：告诫后人（第32段）。

《孔雀东南飞》通过刘兰芝与焦仲卿这对恩爱夫妇的爱情悲剧，控诉了封建礼教、家长统治和门阀观念的罪恶，表达了青年男女要求婚姻爱情自主的合理愿望。女主人公刘兰芝对爱情忠贞不贰，她对封建势力和封建礼教所作的不妥协的斗争，使她成为文学史上富有叛逆色彩的妇女形象，为后来的青年男女所传颂。

通过有个性的人物对话塑造鲜明的人物形象，是《孔雀东南飞》最大的艺术成就。全诗"淋淋漓漓，反反复复，杂述十数人口中语，而各肖其声音面目，岂非化工之笔"（《古诗源》卷四，沈德潜按语）。在贯穿全篇的对话中，可以看到，刘兰芝对仲卿、对焦母、对小姑、对自己的哥哥和母亲讲话时的态度与语气各不相同，正是在这种不同之中可以感受到她那勤劳、善良、备受压迫而又富于反抗精神的外柔内刚的个性。同样的，在焦仲卿各种不同场合的话语中，我们也可以感受到他那忠于爱情、明辨是非却又迫于母亲威逼的诚正而软弱、但又有发展的性格。诗中写到兰芝与仲卿死前，兰芝假意同意再嫁，仲卿见兰芝后回家与母亲诀别，他俩这时的话语，非常切合各自的身份与处境。陈祚明《采菽堂古诗选》曾对此做过细致的分析："兰芝不白母而府吏白母者，女之于母，子之于母，情固不同。女从夫者也，又恐母防之，且母有兄在，可死也。子之与妻，孰与母重？且子死母何依，能无白乎？同死者，情也。彼此不负，女以死偿，安得不以死？彼此时，母即悔而迎女，犹可两俱无死也。然度母终不肯迎女，死终不可以已，故白母之言亦有异者，儿今冥冥四语明言之矣，今日风寒命如山石，又不甚了了，亦恐母觉而防我也。府吏白母而母不防者，女之去久矣。他日不死而今日何为独死？不过谓此怨怼之言，未必实耳。故漫以东家女答之，且用相慰。然府吏白母，不言女将改适，不言女亦欲死，盖度母之性，必不肯改而迎女，而徒露真情，则

电视剧《孔雀东南飞》剧照

防我不得死故也。"试想，兰芝如果直说要死，这个弱女子势必会遭到暴力的约束，被强迫成婚。而仲卿的情况自然与兰芝不同，诚如上述引文的分析。又如："吾意久怀忿，汝岂得自由"，"小子无所畏，何敢助妇语"，于此可立见焦母的蛮横；"作计何不量！先嫁得府吏，后嫁得郎君。否泰如天地，足以荣汝身。不嫁义郎体，其往欲何云？"由此可见刘兄的势利。即使次要人物如媒人、府君的简短对话，也符合各人的身份特点。

此外，诗中简洁的人物行动刻画，有助于形象的鲜明；精炼的抒情性穿插，增强了行文的情韵。"鸡鸣外欲曙，新妇起严妆。著我绣夹裙，事事四五通"，写出了刘兰芝离开焦家时的矛盾心情。"欲曙"即起，表示她不愿在焦家生活的决心，"严妆"辞婆是她对焦母的抗议与示威。打扮时的"事事四五通"，表示了她对焦仲卿的爱，欲去又不忍遽去的微妙心理。"却与小姑别，泪落连珠子"，姑嫂关系不易相处，兰芝与小姑关系融洽，正表现了她的懂礼仪、易相处。这同焦母的不容恰成对照。另外，辞焦母不落泪，而辞小姑落泪，也可见兰芝的倔强。焦仲卿的形象刻画也是如此，他送兰芝到大道口，"下马入车中，低头共耳语"，表现了一片真情；闻知兰芝要成婚，"未至二三里，摧藏马悲哀"，诗篇用马悲渲染、衬托他内心的强烈痛苦；临死前"长叹空房中""转头向户里"，对母亲还有所顾念，这里愈见他的诚正与善良。在整篇诗中，类似上述的动作刻画还有几处，笔墨虽不多，却极精粹。兰芝死时，义无反顾，"揽裙脱丝履，举身赴清池"；仲卿死时，顾念老母，"徘徊庭树下，自挂东南枝"，这些不同的动作细节，都切合各自的性格与处境。同样是母亲，焦母"槌床便大怒"的泼辣，刘母见兰芝回家时惊异而"大拊掌"的温和，对性格的描绘来说寥寥几笔已极传神。抒情性穿插较之动作刻画更少，但也是成功之笔。"举手长劳劳，二情同依依"，兰芝和仲卿第一次分手时，作者情不自禁的感叹，增添了悲剧气氛。"生人作死别，恨恨那可论"，这画龙点睛的穿插，更激起了人们对焦、刘遭遇的同情。即使那教训式的全诗结尾，也带有浓重的抒情意味，充满了作者的同情与期望。这些水到渠成、不着痕迹的抒情性穿插，提升了全诗的感染力。

特别值得注意的是，此诗比兴手法和浪漫笔调的运用，对形象的塑造起了非常重要的作用。诗篇开头，"孔雀东南飞，五里一徘徊"是"兴"的手法，用以兴起刘兰芝、焦仲卿彼此顾恋之情，预设了全篇的气氛。最后一段，写在刘、焦合葬的墓地，松柏、梧桐枝枝叶叶覆盖相交，鸳鸯在其中双双日夜和鸣，通宵达旦。这既象征了刘焦夫妇不朽，又象征了他们永恒的悲愤与控告。从现实的双双合葬的形象，到象征永恒的爱情与幸福的松柏、鸳鸯的形象，表现了平民百姓对未来自由幸福必然到来的信念，闪现出无比灿烂的理想光辉，使全诗的境界得到了质的飞跃。

连环画《孔雀东南飞》

《孔雀东南飞》是乐府诗章中第一长篇，是最享盛誉之作。它的原型素材，是通过"采风"从民间得来，因而有很强的人民性、思想性、社会性和历史性，所以流传至今1000多年，经久不衰，广为人们喜爱与传诵。

现在这首长诗已经刻在"孔雀东南飞遗址"——安徽怀宁县小市镇焦仲卿刘兰芝墓地的长廊石壁橱窗上。

七、木兰豪情震南北

　　木兰辞,是南北朝时期的一首北朝民歌,选自宋代郭茂倩编的《乐府诗集》,在中国文学史上与南朝的《孔雀东南飞》交相辉映、合成双璧。《木兰辞》讲述了一个叫木兰的女孩,女扮男装,替父从军,在战场上建立功勋,回朝后不愿做官,但求回家团聚的故事。作品热情赞扬了这位奇女子勤劳善良的品质、保家卫国的热情和英勇战斗的精神。

　　《木兰辞》全文如下:

唧唧复唧唧,木兰当户织。
不闻机杼声,唯闻女叹息。

问女何所思?问女何所忆?
女亦无所思,女亦无所忆。
昨夜见军帖,可汗大点兵,
军书十二卷,卷卷有爷名。
阿爷无大儿,木兰无长兄,
愿为市鞍马,从此替爷征。

东市买骏马,西市买鞍鞯,
南市买辔头,北市买长鞭。
朝辞爷娘去,暮宿黄河边。

万里赴戎机

42

不闻爷娘唤女声，但闻黄河流水鸣溅溅。
旦辞黄河去，暮至黑山头。
不闻爷娘唤女声，但闻燕山胡骑鸣啾啾。

万里赴戎机，关山度若飞。
朔气传金柝，寒光照铁衣。
将军百战死，壮士十年归。

归来见天子，天子坐明堂。
策勋十二转，赏赐百千强。
可汗问所欲，"木兰不用尚书郎，
愿借明驼千里足，送儿还故乡。"

爷娘闻女来，出郭相扶将。
阿姊闻妹来，当户理红妆。
小弟闻姊来，磨刀霍霍向猪羊。
开我东阁门，坐我西阁床。
脱我战时袍，著我旧时裳。
当窗理云鬓，对镜贴花黄。
出门看火伴，火伴皆惊惶。
同行十二年，不知木兰是女郎。

"雄兔脚扑朔，雌兔眼迷离；
双兔傍地走，安能辨我是雄雌！"

　　《木兰辞》全篇以"木兰是女郎"来构思木兰的传奇故事，饱含浪漫色彩。繁简安排极具匠心，虽然写的是战争题材，但着墨较多的却是生活场景和儿女情态，富有生活气息。诗中以人物问答来刻画人物心理，生动细致；以众多的铺陈排比来描述行为情态，神气跃然；以风趣的比喻来收束全诗，令人回味。这就使作品具有强烈的艺术感染力。

开头两段，写木兰决定代父从军。诗以"唧唧复唧唧"的织机声开篇，展现"木兰当户织"的情景；然后写木兰停机叹息，无心织布，不禁令人奇怪，引出一问一答，道出木兰的心事。木兰之所以"叹息"，是因为天子征兵，父亲在被征之列，父亲既已年老，家中又无长男，于是她决定代父从军。

木兰当户织

第三段，写木兰准备出征和奔赴战场。"东市买骏马……"四句排比，写木兰紧张地购买战马和乘马用具；"朝辞爷娘去……"八句以重复的句式，写木兰踏上征途，马不停蹄，日行夜宿，离家越远思亲越切。这里写木兰从家中出发经黄河到达战地，只用了两天，夸张地表现了木兰行进的神速、军情的紧迫、心情的急切，使人感到紧张的战争氛围。其中"黄河流水鸣溅溅""燕山胡骑鸣啾啾"之声，还衬托了木兰的思亲之情。

第四段，概写木兰十来年的征战生活。"万里赴戎机，关山度若飞"，概括上文"旦辞……"八句的内容，夸张地描写了木兰身跨战马，万里迢迢，奔往战场，飞越一道道关口、一座座高山。"朔气传金柝，寒光照铁衣"，描写木兰在边塞军营的艰苦战斗生活的一个画面：在夜晚，凛冽的朔风传送着刁斗的打更声，寒光映照着身上冰冷的铠甲。"将军百战死，壮士十年归"，概述战争旷日持久，战斗激烈悲壮。将士们十年征战，历经一次次残酷的战斗，有的战死，有的归来。而英勇善战的木兰，则是有幸生存、胜利归来的将士中的一个。

第五段，写木兰还朝辞官。先写木兰朝见天子，然后写木兰功劳之大，天子赏赐之多，再说到木兰辞官不就，只愿回乡。"木兰不用尚书郎"而愿"还故乡"，固然是她对家园生活的眷恋，但也自有秘密在，即她是女儿身。天子不知底细，木兰不便明言，颇有戏剧效果。

第六段，写木兰还乡与亲人团聚。先以父母姊弟各自符合身份、性别、年龄的举动，描写家中的欢乐气氛；再以木兰一连串的行动，写她对故居的亲切感受和对女儿妆的喜爱，一副天然的女儿情态，表现她归来后情不自禁的喜悦；最后作为故事的结局和全诗的高潮，是恢复女儿装束的木兰与伙伴相见的喜剧场面。

第七段，用比喻作结。以双兔在一起奔跑，难辨雌雄的隐喻，对木兰女扮男装、代父从军十二年未被发现的奥秘加以巧妙解答，妙趣横生而又令人回味。

《木兰辞》塑造了木兰这一不朽的人物形象，既富有传奇色彩，又真切动人。木兰既是奇女子又是普通人，既是巾帼英雄又是平民少女，既是矫健的勇士又是娇美的女儿。她勤劳善良又坚毅勇敢，淳厚质朴又机敏活泼，热爱亲人又报效国家，不慕高官厚禄而热爱和平生活。1000多年来，木兰代父从军的故事在我国家喻户晓，木兰的形象一直深受人们喜爱。

"著我旧时裳"

据考证，花木兰在历史上实有其人，而且出自安徽。她是魏氏女，西汉谯城（今亳州谯城区）东魏村人，名木兰。木兰祠位于亳州市城东南魏园村，祠南侧是木兰的出生地魏园，祠北侧是木兰墓（魏园孤堆），现为亳州市重点文物保护单位。

最后，稍微介绍一下"乐府"的来龙去脉。

继《诗经》《楚辞》之后，在汉魏六朝文学史上出现一种能够配乐歌唱的新诗体，叫作"乐府"。它曾大放异彩，成为中华民族优秀文化遗产的一个有机组成部分。

　　"乐府"本是官署的名称，负责制谱度曲，训练乐工，采辑诗歌民谣，以供朝廷祭祀宴享时演唱，并可以观察风土人情，考见政治得失。我国的采诗制度有着悠久的历史，《夏书·胤征》已有采诗的记录。流传至今的《诗经》，当初就是一部官方颁布并为社会认可的标准选本。春秋以后，礼崩乐坏，征战不休，采诗制度无法贯彻。到了秦代，统一时间短，百废待兴，虽然已有乐府官署之名，但仍然没有采诗之实。汉承秦制，经济凋敝，乐府机关也只能习常肄旧，无所增更，勉强维持而已。经过六七十年的休养生息，到汉武帝时，国力大为雄厚，乃扩大乐府的规模，采诗夜诵。到东汉，采诗成为政治生活中的一件大事。光武帝曾"广求民瘼，观纳风谣"，和帝则派遣使者"微服单行，各至州县，观采风谣"。此种风尚，在南北朝皆相沿袭。萧梁时，社会上已经把"乐府"从官署的名称转变为诗体。刘勰《文心雕龙》于《明诗》之外，另有《乐府》专章；昭明《文选》、徐陵《玉台新咏》也都开辟了《乐府》专栏，其中既有文人诗歌，又有民间歌诗，也即凡是合过乐能够歌唱的歌诗，统统称为"乐府"。在这两类诗歌中，民间歌诗是精华所在，并且文人歌诗还是在民间歌诗的滋养下萌发并壮大起来的，所以对于民间歌诗应给予高度重视。

　　北朝于战乱间隙所奉行的采诗制度，与两汉一脉相承。保存在郭茂倩《乐府诗集·梁鼓角横吹曲》中的北朝乐府民歌，有的是用汉语创作，有的则为译文，虽然只有六七十首，却内容深刻，题材广泛，反映了广阔的社会生活，与南方民歌的细腻、委婉、清秀大异其趣，显示出北朝粗犷豪放的气概，呈现出另外一种风情民俗的画卷。由于北方各族统治者长期混战，反映战争的题材就比较多，有描写战争和徭役带给人民苦难的，有歌颂剽悍的尚武精神的。特别是《木兰辞》，满怀激情地赞美花木兰这一传奇人物，它与《孔雀东南飞》一起，被誉为乐府民歌中的"双璧"。

　　汉魏六朝乐府是中国文学史上一枝奇葩，具有强大的生命力，直接影响了我国诗坛的面貌。它不仅开拓出了五言诗的新领域，而且对七言诗、歌行体乃至律、绝的发展，都起了承前启后的作用。

八、小谢清丽落彩虹

在风光秀丽的宣城，有一座以诗人名字命名的楼——谢朓楼。谢朓楼与岳阳楼、黄鹤楼、滕王阁并称为"江南四大名楼"。

谢朓楼

南朝诗人谢朓（464—499），不仅在宣城留下了一座名楼，还与这座城市互相命名，"谢宣城"成了谢朓的别名，谢朓也成了宣城的最佳形象大使。

东晋初，谢氏举家随元帝南渡长江，迁居京邑建康（今南京）乌衣巷。谢朓的高祖谢据，是"淝水之战"的东晋统帅谢安的弟弟。作为南朝历数百年经久不衰的门阀士族——王、谢、袁、萧四姓之一，谢氏不但在政治上颇有影响和势力，而且也出过很多有名的诗人，诸如谢安、谢道韫、谢灵运、谢庄、谢琨、谢惠连等等，都长于写景，风格清新。谢朓秉承家风，史称他"少好学，有美名，文章清丽"，又说他"善草隶，长五言"，因而能与响逸百代的刘宋山水诗人谢灵运并称"大小谢"，早早地在文坛上崭露头角了。

当时的帝家王子都愿与文人打交道。谢朓很快得到皇家重用，最初做过南齐诸王（几个王子）幕下的参军、功曹道文学等官职，后转任中书郎，尤其是与随郡王萧子隆成为莫逆之交。据《南史》载："子隆在荆州，好辞赋，朓尤被赏，不舍日夕。"甚至，萧子隆还带他一道赴任，该是何等的宠信！这本是常人求之不得的好事，却是谢朓悲剧的开始。谢朓受宠后，便遭到了一个特别妒贤嫉能的人的嫉恨，此人就是当时任荆州长史的王秀之。谢朓是个很聪明很识相的人，他知道官场如战场，官场上的斗争是残酷无情的。既然"一把手"不欢迎我，我在这儿不可久留！于是他写了首告别同僚的诗就离开了荆州，回到了京城。这首名为《暂使下都夜发新林至京邑赠西府同僚》的告别诗中有这样几句："常恐鹰隼击，时菊委严霜，寄言蔚罗者，寥廓已高翔。"他把那些谄害贤良的小人形象地比喻成"鹰隼""严霜"和"蔚罗者"，也正告那些谄言者：我走了，远走高飞了！

谢朓对自己的处境如此敏感，还有一个重要原因就是他牢记族叔谢灵运的教训。谢灵运（385—433）与谢朓虽为叔侄，但在诗歌革命运动中，他俩就像是联袂而战的亲兄弟。谢灵运开创了山水诗的先河；谢朓的诗风则为后来盛唐诗歌的勃兴，奠定了坚实的基础。他俩成了一代诗宗。可是，谢灵运由于才高八斗，招人嫉妒起祸殃，加上卷入了皇家高层的政治斗争，先被宋少帝放逐到广州，后被地方当局扣上个谋反的罪名而掉了脑袋。半个多世纪后的谢朓是不会忘记这段悲哀家史的。谢朓发现自己的处境和叔叔当年十分相似，这是十分危险的。所以，后来当朝廷派谢朓到宣城来任太守时，他觉得这可能正是一个远离是非的好机会。

宣城，江南名邑，是一个山清水秀、风光隽美的人间佳境。对一个山水诗人来讲，真是天赐良缘。当年谢朓才32岁，正是意气风发的锦绣年华。他那得到解脱的形体，那摆脱羁绊的心灵，有如鸟飞森林、鱼游大海，自由舒

谢朓塑像

展。他在从京邑（南京）到郡所（宣城）赴任途中所作的《之宣城郡出新林浦向板桥》诗里就吟道：

> 江路西南永，归流东北鹜。
>
> 天际识归舟，云中辨江树。
>
> 旅思倦摇摇，孤游昔已屡。
>
> 既欢怀禄情，复协沧洲趣。
>
> 嚣尘自兹隔，赏心于此遇。
>
> 虽无玄豹姿，终隐南山雾。

《之宣城郡出新林浦向板桥》，诗题如此准确具体地标明了行程和去向，诗人却没有以他那清丽的秀句描绘新林浦的佳景和板桥渡的幽境。诗中展现的是浩渺无涯、东流而去的江水，伫立船首、回望天际的归客，隐隐归舟，离离江树，只如淡墨般的几点，融化在水天相连的远处。

这是齐明帝建武二年（495）的春天，出任宣城太守的谢朓溯流而上，新林浦是第一站。宣城之行留下不少佳篇，除这首以外，著名的《晚登三山还望京邑》即作于下一站三山泊舟时。新林浦、三山都在金陵西南，距京邑不远，宣城也在金陵西南方向，所以首句"江路西南永，归流东北骛"先点明此行水长路远，正与江水流向相背。江舟向西南行驶，水流向东北奔驰。江水尚知入海为归，人却辞别旧乡而去，这就自然令人对江水东流生出无限思慕：那水流在归海的途中，不也经过地处东北的京邑吗？那正是自己告别不久的故乡啊！此处未作一句情语，仅在人与江水相逆而行的比较中自然流露出深长的愁绪。"永"和"骛"，不但精准地形容了逆流而上与顺流而下的不同水速，而且微妙地融进了不同的感情色彩：水流已将抵达它的归宿，所以奔流得那么迅速，人却是背乡而去，而且行程刚刚开始，所以更觉得前路漫无尽头。

但愁绪很快就一扫而空。谢朓一到宣城就爱上了这片土地，在他的《始之宣城郡》诗中赞美宣城是"闲沃尽地区，山泉谐所好"，可见他对宣城的山水田地自然景观充满着无限深情。

谢朓上任后勤于郡治、劝民教士、关心农政、为官清廉的政绩和仁德常为人们所缅怀。谢朓给宣城人民留下印象最深的有三方面。其一，建高斋。高斋，即北楼，又名叠嶂楼，就是现在的谢朓楼。谢朓来宣城上任时，就在郡衙之北筑构一室，作为他理事和生活之所。因为此室位居宣城最高处，谢朓便将它命名为"高斋"。高斋建成后，谢朓置身其内，既可远眺皖南山川，又可俯瞰江城境内情景。高斋成了他"披衣就清盥，凭轩方秉笔"（谢诗《高斋视事》句）的理想居所。仅两年时间，诗兴大发的谢朓就在此写下了大量篇章，他的《谢宣城诗集》中有四分之一是作于宣城、成于高斋的。其二，惩恶扶善。谢朓在宣城时常登城楼观风景吟诗作赋。一天大早，他来到南门城楼上，忽见一恶少骑在驴上，任驴吃一老大爷菜篮子里的菜，还纵驴撞倒老大爷，并且倒打一耙、诬告欺官。谢朓当场将那恶少以"横行乡里、肆意欺人、无法无天"之罪，给予"责打十板、披枷示众"的严惩。从此"看门太守"的美名便流传至今。其三，人地齐名。宣城的秀丽美景，由于谢朓的吟咏而名扬海内。自唐代起人们为了纪念这位诗人太守，便在他所筑的高斋的遗址上建造了一座二层楼台，取名"北楼"（后又改名叫"谢朓楼"）。特别是大诗人李白来宣城后在此楼上写下了《秋登宣城谢朓北楼》《宣州谢朓楼饯别校书叔云》等著名诗篇。其中"两水夹明镜，双桥落彩虹"及"抽刀断水水更流，举杯消愁愁更愁"等诗句已成千古绝唱（尤其值得一提的是"两水夹明镜，双桥落彩虹"诗句后被清乾隆皇帝引用，造了一座"镜桥"成为颐和园里一景）。此后，历代名人贤士纷纷慕名而来，吟诗怀古，游览风光，使宣城成为人文荟萃之地，并有"宣城自古诗人地"之誉。宣城境内历代先后建有"谢朓楼""谢公亭""怀谢亭""云齐阁"等多处名胜古迹。谢朓这位诗人、宣城这座古城，都齐名远扬。

宣城人为世代牢记这位诗人太守，在敬亭山上修建"先贤祠"（先为五贤、次为七贤、后为十贤）时，谢朓总是名列首位。可见，谢朓在宣城享受着多大的荣耀！

谢朓的五言诗，较早地运用了《四声谱》的成果，并汲取了经呗新声之变的营养。他深有体会地说："好诗圆美，流转如弹丸。"他的诗善于摄取自然景色中最动人的瞬间，以清俊的诗句，率直地道破自然之美。如《游东田》中的"远树暖阡阡，生烟纷漠漠。鱼戏新荷动，鸟散余花落"，《和徐都曹出新林渚》中的"结轸青郊路，回瞰苍江流。日华川上动，风光草际浮"，《治宅》中的"辟馆临秋风，敞窗望寒旭。风碎池中荷，霜剪江南菉"等等。在盛唐王维等五言诗出现之前，可以说是诗苑的上品了。

沈约十分服膺谢朓的五言诗，盛赞道："二百年来无此诗也。"萧衍在称帝后还追慕不已，说谢朓的诗"三日不读，便觉口臭"。所以，谢朓的五言新诗，是"永明体"的旗帜，而谢朓则是南齐诗人的冠冕。

作为开风气之先者，谢朓关于声律对仗和写景状物的技巧，对于唐代诗坛有着深刻的影响。杜甫说"谢朓每篇堪讽诵"（《寄岑嘉州》），李白更是经常提起谢朓，"解道澄江静如练，令人长忆谢玄晖"（《金陵城西楼月下吟》），"三山怀谢朓，水澹望长安"（《三山望金陵寄殷淑》），"我吟谢朓诗上语，朔风飒飒吹飞雨"（《酬殷明佐见赠五云裘歌》），"蓬莱文章建安骨，中间小谢又清发"（《宣州谢朓楼饯别校书叔云》），可见李白对于谢朓的倾慕，所以清人王士禛《论诗绝句》说李白"一生低首谢宣城"。谢朓诗歌不仅影响了许多诗人，而且影响了一代诗风。宋赵紫芝诗云"玄晖诗变有唐风"，严羽也说"谢朓之诗，已有全篇似唐人者"，明胡应麟《诗薮》认为唐人"多法宣城（谢朓）"。

且以《游敬亭山》诗为例，说说谢朓诗的革新意义。

兹山亘百里，合沓与云齐。隐沦既已托，灵异居然栖。
上干蔽白日，下属带回溪。交藤荒且蔓，樛枝耸复低。
独鹤方朝唳，饥鼯此夜啼。渫云已漫漫，夕雨亦凄凄。
我行虽纡组，兼得寻幽蹊。缘源殊未极，归径窅如迷。
要欲追奇趣，即此陵丹梯。皇恩竟已矣，兹理庶无睽。

《黄氏集千家注杜工部诗史补遗》（三）严武诗注引此《诗》云："此山百里，合沓云齐。独鹤朝唳，饥鼯夜啼。行虽纡组，得践幽栖。"摇身一变，就成了四言诗，乍看上去，诗意并没有太大的不同。但是，五言比四言虽然只多一字，却给抑扬顿挫的音韵美留出了更大的空间。而在中国古诗从四言诗到五言诗的彻底转型过程中，谢朓起到了中坚作用。同时，《游敬亭山》诗中既有"趣""理"等字眼，更有多层次、多维度的景物描写，从中可以看出从玄言诗到山水诗的变化。山水诗能够成为中国古诗的一大主流，谢朓可谓居功至伟。

谢朓笔下那美丽的风景、幽深的玄理，与他本人那短暂的时光、多舛的命运，形成了鲜明的反差。让人情不自禁地发出浮士德式的感叹：美啊，能否为我停留一下？

九、诗仙魂归月圆夜

大唐宝应元年（762）的一个夜晚，诗歌的精魂守望在马鞍山的采石矶，看着一位伟大的诗人身披锦袍，一步步走向水中的明月。它当时的心态十分犹疑，一方面想去阻止，一方面又觉得这种死法是浪漫主义诗人最好的结局……

李白捉月而死，当然只是一个传说，却是最符合诗仙本性的一个传说。它把这位继屈原之后最伟大的浪漫主义诗人的终点，唯美地定格在了安徽大地。

李白"一生好入名山游"，几乎一辈子都在行走，足迹遍及大半个中国，其中安徽的大地山川也印满了诗人漫游的屐痕。根据学者安旗主编的《李白全集编年注释》初步统计，李白游历安徽多达十余次。从时间上看，自诗人 20 多岁"仗剑去国，辞亲远游"，江行初经安徽，到晚年 60 多岁流寓当涂而仙逝，跨越了大半人生；从地域范围上看，诗人先后到过皖北的亳州，皖中的和州、庐州，皖西的舒

李白捉月

州，皖南的宣州和歙州等地，涉及安徽的全境。尤其是地处江南的宣州，诗人往来最多、盘桓最久，当时宣州下属诸县如宣城、南陵、秋浦、青阳、泾县、太平和当涂等地均留下了诗人往返流连的足迹。

安徽境内的风景名胜，李白也几乎游遍了，如黄山、九华山、皖山、贵池的秋浦、铜陵的五松山、当涂的采石矶等，诗人在这些地方留下了大量的优美诗篇。尤其是李白在他的晚年遭到"被谗出京"和"流放夜郎"两次政治上的重大打击后，更是长期在安徽淹留，所以可以毫不夸张地说，李白晚年是把安徽当作自己的故乡的。

最令人慨叹的是伟大的诗人最终竟长眠于安徽长江边的小县当涂。李白最后一次来安徽是在上元二年（761），那一年他已经61岁了。事因李白在庐山应永王李璘之聘，入佐幕府，后永王李璘与肃宗抗衡，事败被杀，李白也受此株连，被判流放夜郎。途中遇赦，在写了"两岸猿声啼不住，轻舟已过万重山"的诗句后，他沿江东下，最后寓居其族叔、当涂县县令李阳冰家。此时的李白已经年老力衰，但他的报国之心未泯，一度准备参加太尉李光弼的队伍，去讨伐叛将史朝义，后因从军途中忽然得病不得不返回当涂而未能如愿。一年后，这位伟大的诗人在当涂写下最后一首《临终歌》，自叹："大鹏飞兮振八裔，中天摧兮力不济！"然后就在悲愤潦倒中与世长辞了，终年62岁。

李白死后，原葬于当涂龙山，50多年后被迁葬于青山（现属安徽马鞍山市），与李白生前所崇拜的南齐诗人谢朓的故宅为邻，实现了他"悦谢家青山"的遗愿。

李白给安徽留下了极为丰厚的文化遗产，他的诗文可以考知写作地点的有650篇左右，其中在安徽写作的共201篇，远远多出他在家乡蜀中以及另两个寓居地安陆、兖州一带所写的数量，也多出他在京洛、吴越、金陵、江夏一带的写作数量，可以说李白对安徽情有独钟，文思诗兴独多。

至于具体在安徽各个地方李白写了多少，有心人经过仔细核验，给出以下数字：当涂诗48首、文5篇，和县诗9首，宣城诗40首、文4篇，泾县诗19首，南陵14首（其中8首属铜陵，时南陵包括铜陵），秋浦（贵池）41首，青阳3首（2首属九华山），宿松5首，太湖2首（司空山，应属岳西），

朱梅邨画作《谢朓青山李白楼》

庐江郡（合肥）6首，寿春1首，砀山1首，江上作3首。

这些作品有很高的文学价值、历史文化价值，有许多名诗，如《南陵别儿童入京》《望天门山》《夜泊牛渚怀古》《横江词六首》《独坐敬亭山》《秋登宣城谢朓北楼》《宣城谢朓楼饯别校书叔云》《宣城见杜鹃花》《哭宣城善酿纪叟》《赠汪伦》《下泾县陵阳溪至涩滩》《宿五松山下荀媪家》《铜官山醉后绝句》《秋浦歌十七首》《清溪行》《望九华山赠青阳韦仲堪》《临路歌》等。

历史上还没有哪一位客籍诗人、作家在安徽写下这么多的文学作品，李白之前谢朓写了二三十首、李白稍后的杜牧写了三四十首，超过百首的一时还找不到。以李白这样的诗名，他的这些作品对安徽后来诗风文风的兴盛起了极大的推动作用。李白题咏较多的地方往往是诗风文风最兴盛的地方，自唐之后皖南的姑孰、泾溪、清溪吸引了很多的文人墨客，敬亭山、齐山、采石矶成了三座"诗山"，其流风余韵一直影响到今天。

诗仙的确握有一支神笔，以自己至刚至真的小宇宙，撞击着浩瀚无边的大宇宙，写出了人生的大孤独、大欢愉、大哀伤和大爱、大义、大美。而那些来自于大自然的灵感，更使他的作品神完气足。如写于宣城敬亭山的《独坐敬亭山》：

李白行吟图

　　众鸟高飞尽，孤云独去闲。
　　相看两不厌，只有敬亭山。

写于石台秋浦河的《秋浦河十七首》之第十五首：

白发三千丈，缘愁似个长。

不知明镜里，何处得秋霜。

写于泾县桃花潭的《赠汪伦》：

李白乘舟将欲行，忽闻岸上踏歌声。

桃花潭水深千尺，不及汪伦送我情。

写于芜湖南陵县的《南陵别儿童入京》：

白酒新熟山中归，黄鸡啄黍秋正肥。

呼童烹鸡酌白酒，儿女嬉笑牵人衣。

高歌取醉欲自慰，起舞落日争光辉。

游说万乘苦不早，著鞭跨马涉远道。

会稽愚妇轻买臣，余亦辞家西入秦。

仰天大笑出门去，我辈岂是蓬蒿人。

写于宣城谢朓楼的《宣州谢朓楼饯别校书叔云》：

弃我去者，昨日之日不可留。

乱我心者，今日之日多烦忧。

长风万里送秋雁，对此可以酣高楼。

蓬莱文章建安骨，中间小谢又清发。

俱怀逸兴壮思飞，欲上青天览日月。

抽刀断水水更流，举杯消愁愁更愁。

人生在世不称意，明朝散发弄扁舟。

写于芜湖天门山的《望天门山》：

天门中断楚江开，碧水东流至此回。

两岸青山相对出，孤帆一片日边来。

写于马鞍山采石矶的《夜泊牛渚怀古》：

牛渚西江夜，青天无片云。

登舟望秋月，空忆谢将军。

余亦能高咏，斯人不可闻。

明朝挂帆席，枫叶落纷纷。

这些写于皖境的诗作无疑已经超越了时空，具有恒久的魅力。

除了诗文外，与李白有关的遗踪遗址也是他留给安徽的重要文化遗产。从东到西，从南到北，李白在安徽的遗踪分布很广泛，涉及现在安徽 16 个市中的 12 个市，地方之广，也是历代客籍诗人、作家包括本籍诗人、作家所没有的。这些地方都留有李白的作品，李白的遗踪随着他的诗文永久地留存下来，为各地江山增色，为各地文化添彩，并且还会持续不断地生发出新的活力和新的价值。

与李白有关的遗址最具历史价值、最真实可信的就是他的冢墓。冢墓有两处，一在当涂的青山，是他的真身墓；一在采石，是他的衣冠冢。遗址还应包括他的寓居住所。他的诗记录了他在当涂、宣城敬亭山、南陵、秋浦都有寓所，当涂、南陵两处还见于地方志和其他诗文，这些建筑和处所在李白身后都废圮了。还有两处石刻，可能是李白留下的遗迹。一处在泾县桃花潭附近的放歌台，石壁刻有"天宝十五载三月李白偕汪伦寺僧"诸字题记；一处在贵池秋浦白笴陂不远处的石门，据说即参与《改九子山为九华山联句》的高霁的住处，其地有"桃花坞"大字石刻，其旁有小字题刻"同李太白在此游""高霁题""唐天宝庚寅岁"诸字。

这些遗址再加上历代安徽有关李白的纪念建筑和景点多达 100 多处，见于唐宋文献记载的有 30 余处，在全国是最多的。这也显示出李白与安徽关系特别密切，安徽人士对他特别崇拜。拥有这么多的遗址、纪念建筑、景点，对李白而言，他真是获得了"千秋万岁名"；对今天的安徽来说，是一笔无与伦比的巨大财富。

总之，正如学者代松刚在《李白在安徽留下了哪些文化遗产》中所言，"李白虽不出生于安徽，但他以最终的人生选择、以在安徽创作的光芒万丈的诗篇成为安徽的文化伟人，成为安徽的江山之英，成为安徽的旅游之祖。"

太白祠

太白骑鲸去，空留采石祠。

当轩千里水，绕屋万松枝。

山月长清夜，江云无尽时。

谁将一尊酒，把臂共论诗。

太白楼在今安徽省马鞍山市采石矶上，初建于唐元和年间（806—820），原名"谪仙楼"。宋、明以后历代均有修葺。现存建筑系清光绪三年（1877）所建，又名"太白楼""唐李公青莲祠"。它分前后两院，前为太白楼，后为太白祠。这首诗是明末大诗人施闰章游历采石矶后写下的作品。诗中不仅表达了他对李白的深切怀念之情，并对太白祠的景色也做了生动的描写。作者另有《经李太白墓》七绝云："共说骑鲸捉月游，孤坟细草野风秋。夜郎幽愤无多泪，万古长江楚水流。"可以参阅。

马鞍山采石矶的太白楼

当年李白在宣城谢朓楼"临风怀谢公"，他或许未曾想到，在自己身后也有那么多诗人在缅怀着他。"你站在桥上看风景，看风景的人在楼上看你"，我们仿佛看到，在诗歌精魂的召唤下，这些历代的大诗人突破了"历时"的关系，获得了"共时"的状态，站到了同一个时空里，看着永恒的孤月，看着永恒的流水，吟着永恒的诗句……

十、五言长城堪自夸

安史之乱后，盛唐气象不再。但中唐诗坛，仍有不少颇富个性的"好手"，其中安徽籍的就有刘长卿、张籍、李绅等人。

刘长卿在唐朝大历年间诗名藉甚，位列"大历十才子"之上。清编《全唐诗》收录了刘长卿诗5卷，499题，509首，与其他作者重出互见的有40多首。刘长卿以写作山水诗著名，其咏物诗、边塞诗、咏史诗也有一些佳作，描写安史之乱和乱后景象的诗颇有时代特色，写怀才不遇之感以及送别之情的作品情景交融，有语淡情深之感。

刘长卿尤擅五言，自诩"五言长城"，五言诗约占全部诗作的七成。他的五绝，几乎篇篇可诵，构思精致，清幽淡远。刘长卿对自己的诗歌成就极为自信，时人常将刘长卿与钱起、郎士元和李嘉祐并称，他很不屑地说："今人称前有沈、宋、王、杜，后有钱、郎、刘、李。李嘉祐、郎士元何得

刘长卿

60

与余并驱?"他到处题诗，往往连姓都不写，落款只有"长卿"二字。

刘长卿虽然诗名卓著，可仕途却颇多坎坷。他33岁时被任命到苏州下属的长洲县当县尉，刘长卿在任上"使纲不紊、吏不欺"，很有能力，不到一年又晋升为海盐（今浙江省海盐县）令，后被大官僚吴仲儒所诬陷，下苏州狱。乾元元年（758），被贬潘州南巴尉，即今高州市以及电白县麻岗附近一带的地方。

在流放南下的路上，刘长卿遇到了从白帝城遇赦归来的李白。刘长卿写了《将赴南巴至馀干别李十二》赠给李白：

> 江上花催问礼人，鄱阳莺报越乡春。
> 谁怜此别悲欢异，万里青山送逐臣。

两人一个是遇赦，一个正遭贬，一欢一悲，心境也就自然不同。两个唐朝诗坛上的顶尖人物，在这种境遇中谋面，让人百感交集。

在赴潘州南巴路过长沙时，诗人有感于汉朝贾谊的被贬，写下了脍炙人口的《长沙过贾谊宅》，借咏史之名，将自己的愤懑之情发泄得淋漓尽致：

> 三年谪宦比栖迟，万古惟留楚客悲，
> 秋草独寻人去后，寒林空见日斜时。
> 汉文有道恩犹薄，湘水无情吊岂知？
> 寂寂江山摇落处，怜君何事到天涯。

大历五年（770），刘长卿以检校祠部员外郎的身份担任鄂岳转运判官，不久又得罪了顶头上司鄂岳观察使吴仲孺。吴仲孺是汾阳王郭子仪的女婿，他诬陷刘长卿贪污公款20万缗。结果，刘长卿又被贬为睦州（今浙江淳安）司马。高仲武说他"有吏干，刚而犯上，两遭迁谪，皆自取之"。

在刘长卿的一生中，快乐的日子屈指可数。他一生苍凉，曾经遭遇三次兵祸，据说在开元十四年（755）他可能登进士第，但是还没有揭榜，安史之乱就爆发了。

上元元年（760），淮西节度副使、宋州刺史刘展造反，朝廷命平卢兵马使田神功出兵讨伐。刘展兵败被杀后，田神功在江淮大掠十天，本来繁华富庶的吴郡一带一下子变得破败萧条。刘长卿有诗《自江西归至旧任官舍》记其事：

> 却见同官喜复悲，此生何幸有归期。
>
> 空庭客至逢摇落，旧邑人稀经乱离。
>
> 湘路来过回雁处，江城卧听捣衣时。
>
> 南方风土劳君问，贾谊长沙岂不知。

建中二年（781），刘长卿任随州刺史。兴元元年（784）和贞元元年（785）间，淮西节度使李希烈割据称王，与唐王朝军队在湖北一带激战，百姓苦不堪言。刘长卿的一首名为《行营酬吕侍御、时尚书问罪襄阳，军次汉东境上侍御，以州邻寇贼，复有水火，迫于征税诗以见谕》的诗记录了他迎接朝廷军队时的情景。

> 不敢淮南卧，来趋汉将营，
>
> 受辞瞻左钺，扶疾抗前旌。
>
> 井税鹑衣乐，壶浆鹤发迎。
>
> 水归余断岸，烽至掩孤城。
>
> 晚日归千骑，秋风合五兵。
>
> 孔璋才素健，早晚檄书成。

这时已74岁的刘长卿，披着满头白发，穿着补丁衣服，带着税款酒浆，高高兴兴地迎接吕、时两位大人军次随州，征讨逆贼。这是何等的悲壮苍凉！

正因为生逢乱世，再加上天生的倔脾气，构成双重的"不合时宜"，刘长卿一生的大部分时光是在逆境中度过的。长期的郁郁寡欢，使他的诗歌于冷落寂寞的情调中，又平添了一些惆怅衰飒的心绪，显得凄清悲凉。

即使是早期作品，刘长卿的诗也没有青年人的慷慨意气，而带有一种凄凉的心绪。到了后来，就进一步沉积为进退失据、孤寂无助的茫然失落感，莫名的惆怅充溢于胸，发为衰世的哀鸣。其《送李录事兄归襄邓》云："十年多难与君同，几处移家逐转蓬。白首相逢征战后，青春已过乱离中。"面对战乱后到处一片残破凋零的景象，诗人不胜沧海桑田、人生变幻之感，对国家的命运和自己的前途都丧失了信心。

时运不济的感伤和惆怅，在刘长卿的诗中是层层递进的。人生失意的凄凉之感，融入黯淡萧瑟的景物描写中，尤显浓重深长。其《负谪后登干越亭作》说："天南愁望绝，亭上柳条新。落日独归鸟，孤舟何处人……青山数行泪，沧海一穷鳞。"真是孤苦凄楚至极。再如《重送裴郎中贬吉州》：

> 猿啼客散暮江头，人自伤心水自流。
>
> 同作逐臣君更远，青山万里一孤舟。

同病相怜，不胜愁别，伤感得不能再伤感，孤独得不能再孤独。一种由悲剧命运支配的孤寂惆怅的生存体验，与特定时代的衰败萧索景象相结合，汇聚成生不逢时的冷漠寂寥情调，在刘长卿诗里反复出现，尤其是在他本人十分自矜的五言里，可谓臻于化境。如《听弹琴》：

> 泠泠七弦上，静听松风寒。
>
> 古调虽自爱，今人多不弹。

今人多不弹

又如《正朝览镜作》：

> 憔悴逢新岁，茅扉见旧春。
> 朝来明镜里，不忍白头人。

诗境不是清幽冷寂，就是凄苦难抑。当然，最为著名的是那首《逢雪宿芙蓉山主人》：

> 日暮苍山远，天寒白屋贫。
> 柴门闻犬吠，风雪夜归人。

风雪夜归人

诗人在贬谪途中，遇大风雪，投宿芙蓉山的山里人家。正值日暮，青山在视野里显得越来越远。天寒地冻中，他看到山里贫寒人家那没有做任何装修的毛坯房，这种气氛与他仕途失意的心情正好契合。人生际遇寒凉，看到的景象也寒凉，分明不是白居易那种下雪前邀请老友喝酒，"能饮一杯无"的温情。过了一会儿，柴门外忽传犬吠声，原来是风雪中有夜归人。这个细节为满天满山的冷色调添上了暖色调。大风大雪，只是为了衬托夜归的温馨，再大胆设想一下，刘长卿也是为自己的人生设置暖色调吧。

刘长卿当时正处于人生的低谷，从这个角度解读《逢雪宿芙蓉山主人》，就不难理解诗中那种冰天雪地、奇寒扑面的气氛了。但从绝望中写出希望，从寒冷中写出温暖，神来的一笔，往往就在转折的那个地方。人生境界的提升，也是在转折的那一笔。从万般凄苦中品出一丝暖意，这不正是诗歌挽救心魂的功用吗？

刘长卿的七律虽然没有五言诗写得好，但他还是被称为"中唐之首"。清人沈德潜在《唐诗别裁集》卷十四称："七律至随州，工绝亦秀绝矣。"《别严士元》是刘卿的七律代表作：

> 春风倚棹阖闾城，水国春寒阴复晴。
> 细雨湿衣看不见，闲花落地听无声。
> 日斜江上孤帆影，草绿湖南万里情。
> 东道若逢相识问，青袍今已误儒生。

严士元在天宝年间擢宏文生，曾官员外郎，作者与之往还，在即将离开苏州临别时以诗相赠，既写别情，又感叹身世。结尾"东道若逢相识问，青袍今已误儒生"，让人顿感身世之叹。"东道"可以指东道主严士元。或许有朋友们问到我的境遇，怎么说呢？真是万千无奈，欲说还休。我身为一介书生，数年求仕，却命运多舛，怀才不遇。到底是我被诗书所误，还是境遇误我呢？就这样辜负了我满腔满怀的抱负与才学啊！

此诗的颔联"细雨湿衣看不见，闲花落地听无声"是写景，蒙蒙细雨润湿了衣服，自己却没有注意到雨丝自空中飘落；枝上的花朵飘落到地上，无声无息，听不到任何响动。花是被雨击落的，因为眼睁睁见了，所以才试图倾听它落地的声响。可是，并不是狂风暴雨，因为直到雨把人的衣服打湿了，才知道雨的存在。江南的春雨春花都是如此柔弱，只有敏感的人才能体会到它的存在与零落。作者即将离开苏州，对这里的细雨闲花感触更加微妙。也许离别之际，友朋执手相对，别有一番滋味在心头吧。

好诗永在人间，妙句徘徊口边。诗歌源自对于生活的细腻感知，而一代一代人读着这些诗，他们看待世界的眼光已经不同，最终磨炼出一种精细而有情的生活艺术。这，该算是诗歌拯救庸常的另一种功用吧。

十一、才子只合滁州佬

独怜幽草涧边生，上有黄鹂深树鸣。

春潮带雨晚来急，野渡无人舟自横。

这首短短的七绝《滁州西涧》，是唐诗中"人与自然对话"的四座高峰之一。四座高峰者，其一为王之涣的"白日依山尽，黄河入海流"；其二为陈子昂的"念天地之悠悠，独怆然而涕下"；其三为李白的"相看两不厌，只有敬亭山"。与前三首相比，这首或许在气势上稍逊，但作者韦应物巧妙地将"抒情主人公"隐藏于后，凸显了一片"无人之境"，因此自有其高妙之处。

气象上的稍逊，与其说是诗人的性格使然，不如说是时势的因素所造成。韦应物走上政坛的时代，已是安史之乱之后，一个

野渡无人舟自横

67

曾经辉煌无比的帝国，已经感受到了夕阳的迫近。韦应物正是在这一历史背景下被派到滁州任职的。

唐代滁州，下辖清流、全椒、永阳三县，其中，永阳人口最多。唐之州县，均主要依据户口数量，分为若干等级。大体唐代早期，滁州为下州（《唐六典》：户不满二万者为下州，户二至四万为中州）；天宝年间已是中州；安史乱后，北方人户因逃离战乱而大量移居滁州，随着州县定级制度调整，成为上等州。

滁州东临扬州，北枕淮河，南靠长江。淮河、长江皆经济大动脉；扬州乃东南战略要地，安史之乱后，驻扬州的淮南节度使，多由朝廷信得过的宰相级别人物担任。此时朝廷赋税，主要依靠东南地区。

建中三年（782），德宗正发动讨伐河北藩镇的战争，必须以德才兼备者确保这一带的安全。此时的淮南节度使陈少游，是一个并不可靠的人物，估计是经过反复权衡，朝廷选拔比部员外郎韦应物转任滁州刺史。据其诗判断，他在滁州大约干了3年时间，与刺史任期制度相合；之后，调任江州刺史；随后，又担任苏州刺史。

韦氏是唐室向来倚重的家族。韦应物任职滁州，便是朝廷对他充分信任的表现。

韦应物出生于关中世家大族京兆杜陵韦氏。据韦应物墓志铭，其高祖是高级官员韦挺（新、旧《唐书》有传）；曾祖韦待价为武则天时宰相；祖父韦令仪官至梁州都督；其父亲韦銮官位不显，仅为宣州司法参军。韦应物之子韦庆复亦进士及第。晚唐著名诗人韦庄，也是韦应物后人。毋庸

韦应物

置疑，这是一个书香门第。

韦应物少年从军，担任唐玄宗侍卫（《燕李录事》："与君十五侍皇闱。"），同时借读于太学。据韦应物回忆，这一时期，他颇为顽皮，《逢杨开府》道：

> 少事武皇帝，无赖恃恩私。
> 身作里中横，家藏亡命儿。
> 朝持樗蒲局，暮窃东邻姬。
> 司隶不敢捕，立在白玉墀。

无赖？侠客？反正，青年韦应物干了不少"坏事"。安史之乱后，韦应物脱下军装，开始安心读书，文名渐显，亦踏入官场。

尽管安史之乱对大唐朝廷和世家子弟造成了极大的冲击，但尊贵的出身和少时的经历，使得韦应物仍然葆有那一股刚健的精气神。这股精气神在其《寄畅当（闻以子弟被召从军）》一诗中可见一斑：

> 寇贼起东山，英俊方未闲。
> 闻君新应募，籍籍动京关。
> 出身文翰场，高步不可攀。
> 青袍未及解，白羽插腰间。
> 昔为琼树枝，今有风霜颜。
> 秋郊细柳道，走马一夕还。
> 丈夫当为国，破敌如摧山。
> 何必事州府，坐使鬓毛斑。

韦应物本豪侠之士，畅当亦著名诗人。闻友人畅当投笔从戎，身在滁州的韦应物豪气万丈，羡慕不已。可见，大唐之气未衰。

友情和风景，总是诗人反复歌咏的主题。滁州风光秀美，韦应物或与远方友人诗文唱和，或在山水民间抒情感怀。他任职滁州，引得不少名人雅士旅居滁州，如元锡、杨凌，韦应物陪同他们游览名胜，赋诗纪念。这一类作品数量不少，下面几首堪称上乘之作：

送元锡杨凌

荒林翳山郭，积水成秋晦。
端居意自违，况别亲与爱。
欢筵慊未足，离灯悄已对。
还当掩郡阁，伫君方此会。

同元锡题琅琊寺

适从郡邑喧，又兹三伏热。
山中清景多，石罅寒泉洁。
花香天界事，松竹人间别。
殿分岚岭明，磴临悬壑绝。
昏旭穷陟降，幽显尽披阅。
欻骇风雨区，寒知龙蛇穴。
情虚澹泊生，境寂尘妄灭。
经世岂非道，无为厌车辙。

寄全椒山中道士

今朝郡斋冷，忽念山中客。
涧底束荆薪，归来煮白石。
欲持一瓢酒，远慰风雨夕。
落叶满空山，何处寻行迹。

宿永阳寄璨律师

遥知郡斋夜，冻雪封松竹。
时有山僧来，悬灯独自宿。

滁州之名胜，经诗人之妙手点化，又经友情之润泽，一一明亮起来。

70

同时，韦应物又是极其注重亲情之人。他在滁州以诗歌的形式，写有大量的亲情无限的家书：

郊园闻蝉，寄诸弟

去岁郊园别，闻蝉在兰省。
今岁卧南谯，蝉鸣归路永。
夕响依山谷，馀悲散秋景。
缄书报此时，此心方耿耿。

元日寄诸弟兼呈崔都水

一从守兹郡，两鬓生素发。
新正加我年，故岁去超忽。
淮滨益时候，了似仲秋月。
川谷风景温，城池草木发。
高斋属多暇，惆怅临芳物。
日月昧还期，念君何时歇。

寄诸弟

岁暮兵戈乱京国，帛书间道访存亡。
还信忽从天上落，唯知彼此泪千行。

韦应物任职滁州、江州、苏州期间，一直孤身一人。夫人元苹于大历十一年（776）去世后，韦应物终身未娶。韦应物亲笔撰写的元苹墓志证实夫妇情深意笃。每当夜深人静，他倍感孤独。

郡斋卧疾绝句

香炉宿火灭，兰灯宵影微。
秋斋独卧病，谁与覆寒衣。

71

　　韦应物通常被视为山水田园诗派诗人，后人每以"王孟韦柳"并称。其山水诗景致优美，感受深细，清新自然而饶有生趣。更为可贵的是，其一部分田园诗实为反映民间疾苦的政治诗。

　　韦诗各体俱长，其诗胜在既有景深，又有情深。他的七言歌行音调流美，"才丽之外，颇近兴讽"（白居易《与元九书》）。五律一气流转，情文相生，耐人寻味。五绝、七绝清韵秀朗，"春潮带雨晚来急，野渡无人舟自横"句最为后世称许。韦诗以五古成就最高，风格冲淡闲远，语言简洁朴素，和刘长卿一样有"五言长城"之称。但其亦有秾丽秀逸的一面。其五古以学陶渊明为主，但在山水写景等方面，受谢灵运、谢朓的影响。此外，他亦偶作小词。今传有十卷本《韦江州集》、两卷本《韦苏州诗集》、十卷本《韦苏州集》。散文仅存一篇。

　　韦应物长期担任地方大员，但是，"家贫"二字不断出现在他的诗中，如《答裴丞说归京所献》"家贫无僮仆"；《将发楚州经宝应县访李二忽于州馆相遇月夜书事…李宝应》"对月言家贫"。无疑，韦应物是一位清正廉洁的官员，这与他诗中表达出来的济世救民的情怀完全一致。且看他写于滁州的这首《观田家》：

> 微雨众卉新，一雷惊蛰始。
> 田家几日闲，耕种从此起。
> 丁壮俱在野，场圃亦就理。
> 归来景常晏，饮犊西涧水。
> 饥劬不自苦，膏泽且为喜。
> 仓廪无宿储，徭役犹未已。
> 方惭不耕者，禄食出闾里。

　　一个"惭"字，将诗人的情怀和盘托出，不由让人联想起他那首名气更大的《寄李儋元锡》：

> 去年花里逢君别，今日花开又一年。
> 世事茫茫难自料，春愁黯黯独成眠。
> 身多疾病思田里，邑有流亡愧俸钱。

闻道欲来相问讯，西楼望月几回圆。

以前人们大多认为《寄李儋元锡》写于苏州，但近来有学者指出，从当时的地方经济状况来分析，这首诗更有可能是在滁州写的。诗中的那个"愧"字，恰与上一首中的"惭"字，构成"惭愧"一词，真正地无愧于良吏本色，担得起千古良心。

唐人是用诗歌来写日记的，友情、亲情、世情，尽在韦应物之滁州日记中了。可惜，韦应物在滁州的时光只有短短 3 年，未能与这里的好山好水一起终老，便转任江州、苏州了。

苏州是当时最富庶的州郡。苏州刺史届满之后，韦应物没有得到新的任命。他一贫如洗，居然无川资回京候选（等待朝廷另派他职），寄居于苏州无定寺，一家人靠租田自耕为生。不久就客死他乡，其享年约在五十五六。

韦应物的孙子韦庄，也是声名显赫的诗人。在本文的结尾，我们不妨看一看爷孙俩的"一篇同题作文"：

西塞山（韦应物）

势从千里奔，直入江中断。
岚横秋塞雄，地束惊流满。

西塞山下作（韦庄）

西塞山前水似蓝，乱云如絮满澄潭。
孤峰渐映溢城北，片月斜生梦泽南。
爨动晓烟烹紫蕨，露和香蒂摘黄柑。
他年却棹扁舟去，终傍芦花结一庵。

爷爷的诗景象壮阔，显示出难得的雄豪的一面；孙子的诗意象清丽，散发着梦幻的气息。

大概这就是中唐和晚唐的分野吧。

十二、中唐云淡有中坚

据冯贽《云仙散录》中记载，唐代诗人张籍曾因为迷恋杜甫诗歌，把杜甫的名诗一首一首地烧掉，将烧完的纸灰拌上蜂蜜，一天早上吃三匙。一天，张籍的朋友来拜访他，看到张籍正在拌纸灰，很是不解，就问道："老兄，你为什么把杜甫的诗烧掉，又拌上蜂蜜吃了呢？"张籍说："吃了杜甫的诗，我便能写出和杜甫一样的好诗了！"好友听了哈哈大笑。

虽然张籍未能达到杜甫的高度，但毕竟是中唐诗坛的中坚。张籍（约767—约830），字文昌，和州乌江（今安徽和县）人，世称"张水部""张司业"。张籍是中唐时期新乐府运动的积极支持者和推动者，和当时的王建齐名，世称"张王"。其乐府诗广泛深刻地反映了各种社会矛盾，同情人民疾苦，如《塞下曲》《征妇怨》；另一类则描绘农村风俗和生活画面，如《采莲曲》《江南曲》。

张籍乐府诗的艺术成就很高，善于概括事物的对立面，在数篇或

张 籍

74

一篇之中形成强烈对比，又善用素描手法，细致真实地刻画各种人物的形象。其体裁多为"即事名篇"的新乐府，有时沿用旧题也能创出新意。语言通俗浅近而又峭炼含蓄，常以口语入诗。他还着意提炼结语，达到意在言外的批判和讽刺效果。张籍的五律，不事藻饰，不假雕琢，于平易流畅之中见委婉深挚之致，对晚唐五律影响较大。

他的七绝也富于特色，浅语皆有致，淡语皆有味，达到了语浅情深、平中见奇的艺术境界，因而为人们所传唱。

盛唐绝句，多寓情于景，情景交融，较少叙事成分；到了中唐，叙事成分逐渐增多，日常生活情事往往成为绝句的习见题材，风格也由盛唐的雄浑高华、富于浪漫气息转向写实。张籍这首《秋思》借助日常生活中一个富有情味的片断，非常真切细腻地表达了做客他乡的人对家乡亲人的深切思念。

　　洛阳城里见秋风，欲作家书意万重。
　　复恐匆匆说不尽，行人临发又开封。

第一句说客居洛阳城，又见秋风。平平叙事，不事渲染，却有蕴藉。正如春风可以染绿大地，带来无边春色一样，秋风所包含的肃杀之气，也可使千叶黄落，百卉凋零。做客他乡的游子，见到这凄凉摇落之景，不可避免地要勾起对家乡、亲人的悠长思念。

第二句紧承"见秋风"，正面写"思"字。晋代张翰"因见秋风起，乃思吴中菰菜、莼羹、鲈鱼脍，曰：'人生贵得适志，何能羁宦数千里，以要名爵乎？'遂命驾而归"。张籍祖籍吴郡，此时客居洛阳，情形与当年的张翰相仿，或许已经联想到这段典故，但由于种种没有明言的原因，竟不能效张翰的"命驾而归"，只好修一封家书来寄托思家怀乡的感情。可是，提笔"欲作"时，其心里涌起千愁万绪，觉得有说不完、写不尽的话需要倾吐，而一时间竟不知从何处说起，也不知如何表达了。

三、四两句，撇开写信的具体过程和具体内容，只剪取家书就要发出时的一个细节——"复恐匆匆说不尽，行人临发又开封"。"复恐"二字，刻画心理入微。这毫无定准的"恐"，竟然促使诗人不假思索地做出"又开封"的决定，正显出他对这封"意万重"的家书的重视和对亲人的深切思念——

千言万语，唯恐遗漏了一句。如果真以为诗人记起了什么，又补上了什么，倒把富于诗情和戏剧性的生动细节化为平淡无味的实录了。这个细节之所以富于蕴藉和耐人咀嚼，正由于它是在"疑"而不是在"必"的心理基础上产生的。并不是生活中所有"行人临发又开封"的现象都具有典型性，都值得写进诗里，只有当它和特定的背景、特定的心理状态联系在一起的时候，方才显出它的典型意义。因此，像我们现在所看到的这样，在"见秋风""意万重"，而又"复恐匆匆说不尽"的情况下来写"临发又开封"的细节，本身就包含着对生活素材的提炼和典型化，而不是对生活的简单摹写。王安石评张籍的诗说："看似寻常最奇崛，成如容易却艰辛。"（《题张司业诗》）这首极本色、极平淡，像生活本身一样自然的诗，正可作为王安石精到评论的一个生动例证。

在张籍的作品中，不仅有"一封家书"般的亲切小语，也有"一针见血"的批判锋芒。如《猛虎行》：

南山北山树冥冥，猛虎白日绕村行。

向晚一身当道食，山中麋鹿尽无声。

年年养子在深谷，雌雄上下不相逐。

谷中近窟有山村，长向村家取黄犊。

五陵年少不敢射，空来林下看行迹。

这是一首以乐府体写的寓言诗，表面上是写猛虎危害村民的情景，实际是写社会上某些恶势力的猖獗，启示人们认识现实。全诗比喻贴切，描写生动，寓意深刻。

诗的开头，点出猛虎所居及其大胆妄为之状："南山北山树冥冥，猛虎白日绕村行。"猛虎本出入深邃幽暗的山林，却在光天化日之下绕村寻衅，比喻恶势力依仗权势，肆意横行。两句发端立意，统领全篇。接着，步步深入地刻画老虎的凶恶残暴、肆无忌惮之举。"向晚一身当道食，山中麋鹿尽无声。"傍晚之际，猛虎孤身在大路上捕食生灵。这富有启迪性的诗句，不禁使人们想到羽林军的"楼下劫商楼上醉"，宦官们名买实夺的"宫市"，方镇们的"政由己出"、屠城杀人，以及贪官们的税外"赋敛"羡余，这些不都是趁朝廷黯弱之际的"当道"捕食吗？慑于猛虎的淫威，山中的麋鹿不敢有半点动静，喻指当时社会上一片恐怖，善良的劳动人民只好战战兢兢、忍气吞声。

"年年养子在深谷，雌雄上下不相逐"，也是一种人世社会的借喻。它深刻揭示当时社会的恶势力有着非常深广的社会联系，皇亲国戚、豪门大族，利用封建宗族和裙带关系，结成盘根错节、根深蒂固的统治集团，官官相护，上下勾结，各霸一方，危害百姓。而受害最深的要算靠近虎穴的山村了："谷中近窟有山村，长向村家取黄犊。""黄犊"即小黄牛。黄牛是农家的重要生产资料，"取犊"而去，民何以堪！这两句表面是说老虎把爪牙伸向了附近的山庄，把农家的小黄牛咬死、吃掉，实则是写人中之"虎"用"杀鸡取卵""竭泽而渔"的残酷手段虐害人民，弄得民不聊生的情形。

描写"猛虎"之害，至此已淋漓尽致，最后笔触转向"射虎"之人："五陵年少不敢射，空来林下看行迹。"五陵是长安西北的地名，因汉代的五个皇帝的陵墓于此而得名。五陵年少，一般指豪侠少年。这两句，从字面上是说这些猛虎作恶多端，就连那些号称善于骑射、以豪侠自命的人也不敢惹，只是来到林下看看它们的行迹；实际上是讽刺朝廷姑息养奸，为掩人耳目，虚张声势，故作姿态。"空来看行迹"，含有辛辣的嘲讽意味。全诗处处写猛虎，句句喻人事；写"虎"能符合虎之特征，寓事能见事之所指，寄思遥深，不言胸中正意，自见无穷感慨。

再看这首传颂千古的《节妇吟》：

> 君知妾有夫，赠妾双明珠；
>
> 感君缠绵意，系在红罗襦。
>
> 妾家高楼连苑起，良人执戟明光里。
>
> 知君用心如日月，事夫誓拟同生死。
>
> 还君明珠双泪垂，恨不相逢未嫁时。

此诗一本题下注云："寄东平李司空师道。"李师道是当时藩镇之一的平卢淄青节度使，又冠以检校司空、同中书门下平章事的头衔，其势炙手可热。中唐以还，藩镇割据，用各种手段勾结、拉拢文人和中央官吏。而一些不得志的文人和官吏也往往去依附他们，韩愈曾作《送董邵南序》一文婉转地加以劝阻。张籍是韩门大弟子，他主张统一、反对藩镇分裂的立场一如其师。这首诗便是一首为拒绝李师道的"勾引"而写的名作。通篇运用比兴手法，委婉地表明自己的态度。单看表面完全是一首抒发男女情事之诗，骨子里却是一首政治诗，题为《节妇吟》，即用以明志。

《节妇吟》

首二句说此君既明知我是有夫之妇，还要对我用情，可见其是非守礼法之士甚明，语气中带微词，含有谴责之意。接下去诗句一转，说道：我虽知君不守礼法，然而又为你情意所感，忍不住亲自把君所赠之明珠系在红罗襦上。表面上看，是感李师道的知己之情；如果深一层看，话中有文章。继而又一转，说自己家的富贵气象，良人是执戟明光殿的卫士，身属中央。古典诗词，传统的以夫妇比喻君臣，这两句意谓自己是唐王朝的士大夫。紧接两句作波澜开合，感情上很矛盾，思想斗争激烈：前一句感谢对方，安慰对方；后一句斩钉截铁地申明己志，"我与丈夫誓同生死"！最后以深情语作结，一边流泪，一边还珠，言辞委婉，而意志坚决。

此诗似从汉乐府《陌上桑》《羽林郎》脱胎而来，但较之前者更委婉含蓄。它的心理刻画是如此细腻、熨帖，入情入理，短幅中有无限曲折，真所谓"一波三折"。"你虽有一番'好意'，我不得不拒绝。"这就是张籍所要表达的，可是它又表达得这样委婉，李师道读了，也就无可奈何了。

比张籍稍晚的李绅（772—846），字公垂，亳州谯（今安徽省亳州市谯城区）人，生于乌程县（今浙江省湖州市），中书令李敬玄曾孙。青年时曾在润州无锡（今属江苏）惠山寺读书。27岁考中进士，补国子助教。与元积、白居易交游甚密，他一生最闪光的部分在于诗歌，他是在文学史上产生过巨大影响的新乐府运动的参与者。作有《乐府新题》20首，已佚。著有《悯农》诗3首，脍炙人口，妇孺皆知，千古传诵。《全唐诗》存其诗4卷。

关于《悯农》诗的诞生，还有着生动的故事。话说李绅中了进士之后，皇帝见他学识渊博，才学出众，招官翰林学士。有一年夏天，李绅回故乡亳州探亲访友，恰遇浙东节度使李逢吉回朝奏事，路经亳州。二人是同榜进士，又是文朋诗友，久别重逢，自然要盘桓一日。这天，李绅和李逢吉携手登上城东观稼台。二人遥望远方，心潮起伏。李逢吉感慨之余，吟了一首诗，最后两句是："何得千里朝野路，累年迁任如登台。"意思是，如果升官能像登台这样快就好了。李绅此时却被另一种景象打动了。他看到田野里的农夫，在火热的阳光下锄地，不禁感慨，随口吟道：

> 锄禾日当午，汗滴禾下土。
>
> 谁知盘中餐，粒粒皆辛苦！

李逢吉听了，连说："好，好！这首作得太好了！一粥一饭得来都不易呀！"李绅仰天长叹了一口气，接着又吟道：

> 春种一粒粟，秋收万颗子。
>
> 四海无闲田，农夫犹饿死！

李逢吉一听，这不是在揭朝廷的短吗？这小子好大胆，回到书房，李逢吉对李绅说："老兄能否将刚才吟的两首诗抄下来赠我，也不枉我二人同游一场。"李绅沉吟一下说："小诗不过三四十字，为兄听过，自然记得，何必抄录？若一定落笔，不如另写一首相赠。"李逢吉只得说："也好，也好。"于是，李绅又提笔写下一首：

> 垄上扶犁儿，手种腹长饥。
>
> 窗下织梭女，手织身无衣。
>
> 我愿燕赵姝，化为嫫女姿。
>
> 一笑不值钱，自然家国肥。

写好，递与李逢吉斧正。李逢吉看了，觉得这首诗在指责朝廷方面，比上两首更为具体。第二天，李逢吉便辞别李绅，离亳进京了。李逢吉表面上对李绅很好，可内心里却想拿他做垫脚石，再高升一级。他回到朝中，立即向皇上进谗说李绅写反诗发泄私愤。武宗皇帝大吃一惊，忙问："何以见得?"李逢吉将李绅诗奉上。武宗皇帝召李绅上金殿，拿出那首诗来，李绅看看，说道："这是微臣回乡后，看到民生疾苦，即情写下的，望陛下体察!"武宗说："久居高堂，忘却民情，朕之过也，亏卿提醒。今朕封你尚书右仆射，以便共商朝事，治国安民。"李绅叩头道："谢皇上!"武宗又道："此事多亏李逢吉举荐。"李绅则对李逢吉感激不尽。而李逢吉呢，听说李绅反而升了官，又惊又怕，正胆战心惊，李绅却登门向他表示谢意。李逢吉更是蒙在鼓里，只好哼之哈之。不久，李逢吉被调任云南观察使，降了官。这时，他才感到自己是偷鸡不着蚀把米。

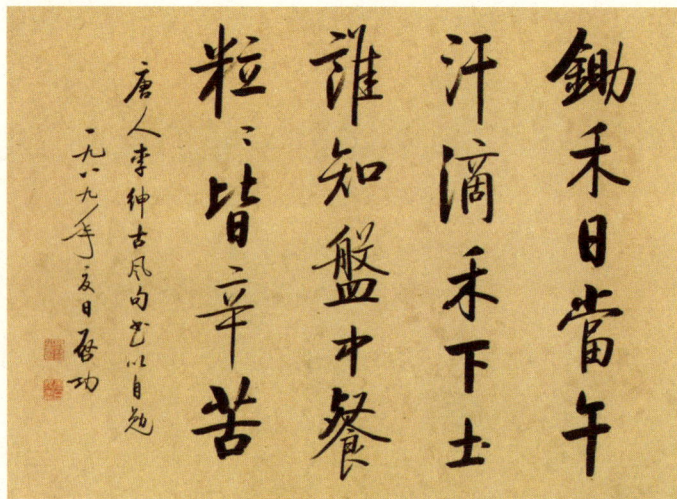

启功手书《悯农》

李绅的3首《悯农》诗，千百年来人们只见到前两首。第三首《悯农》诗被传到皇宫，直到近代，人们才在敦煌石窟中的唐人诗卷中发现。

当然，说起艺术成就来，还是前两首为高。《悯农》诗不是通过对个别的人物、事件的描写体现它的主题，而是把整个农民生活、命运，以及那些不合理的现实作为抒写的对象。这对于两首小诗来说，是很容易走向概念化、一般化的，然而诗篇却没有给人这种感觉。这是因为作者选择了十分典型的生活细节和人们熟知的事实，集中地刻画了那个畸形社会的矛盾，说出了人们想要说的话。所以，它亲切感人，概括而不抽象。

诗人还用虚实结合、相互对比、前后映衬的手法，增强了诗的表现力。因此，它虽然是那么通俗明白，却无单调浅薄之弊，能使人常读常新。在声韵方面，诗人也很讲究，他采用不拘平仄的古绝形式，一方面便于自由地抒写；另一方面，也使诗具有一种和内容相称的简朴厚重的风格。两首诗都选用短促的仄声韵，读来给人一种急切悲愤而又郁结难伸的感觉，更增强了艺术感染力。

十三、晚唐夕阳别样红

清明时节雨纷纷，路上行人欲断魂。

借问酒家何处有，牧童遥指杏花村。

提起晚唐诗人杜牧，人们最耳熟能详的就是这首写于池州的《清明》了，它使这座江南小城的杏花村成为天下皆知的风景名胜。

杜牧《清明》

唐代诗人中，除了李白外，与安徽交集最多的就是杜牧了。他在皖境留下了"两种形式的作品"：一是脍炙人口的诗，二是后来也成为著名诗人的儿子杜旬鹤。

和李白一样，杜牧在安徽也是走一路写一路。会昌元年（841）赴任黄州（今湖北省黄冈市）刺史时，他路过乌江，写了这首著名的咏史诗《题乌江亭》：

> 胜败兵家事不期，包羞忍耻是男儿。
>
> 江东子弟多才俊，卷土重来未可知。

三年后的会昌四年（1844）春，杜牧提前结束黄州任期，赴任池州刺史。这并非一个美差。当时池州是一个"老大难"的州府，主要是天灾人祸过多：天灾是水灾，人祸是江匪和山贼，由于天灾所致，民不聊生、盗风四起。杜牧主政期间，首先是力剿匪贼，将其一网打尽，在保得一方平安之后，又开展了一系列民生工作。

其一是修平天湖。历史上秋浦古城常遭洪水肆虐，三国时就有水漫秋浦城的记载。为了完成平天湖修堤任务，杜牧带头捐了2000两纹银，引起了轰动，府、县两级官员和城里商贾百姓都捐出了自己的心意，共计达6万多两纹银。中秋节前，平天湖修堤工程如期开工。杜牧决定中秋节杀两头大猪，按每个民工一斤猪肉、半斤白酒、一个大月饼发下去。杜牧当天晚上在修堤工地上与民工共度中秋佳节。杜牧太高兴了，与民同乐，中秋醉酒，酒后坐马车来到黄公酒肆庭院躺在靠椅上吃西瓜、石榴、月饼，赏月时，见几个侍女在捉萤火虫，触景生情吟道：

> 银烛秋光冷画屏，轻罗小扇扑流萤。
>
> 天阶夜色凉如水，卧看牵牛织女星。

春节前，平天湖大堤的土方工程基本完成时，秋浦县令钱自如把该堤取名为"杜堤"，杜牧得知后说，这太庸俗了，这个大堤又不是他杜牧一个人修的啊！他略加沉思后说，诗仙李太白当年游白沙湖时，有"水如一匹练，此地即平天"的佳句，就把它叫作"平天湖堤"吧！多有诗意啊！平天湖由此得名。会昌五年（845）端午节，杜牧在平天湖大堤上召开竣工庆典大会，从此秋浦古城百姓告别了千年的水灾痛苦，安居乐业，皆大欢喜。

其二是建翠微亭。会昌四年（844）清明时，杜牧由前刺史李方玄、司马姜文和秋浦县令钱自如等陪同前往齐山踏青，走到顶峰时，杜牧说，李太白的"摇笔望白云，开帘当翠微"的佳句，指的就是这里，将来在这里要建一个亭子，供游人憩息和观光。钱县令说，这个任务就交由我秋浦县来经办吧，只是目前没有这笔资金。杜牧接着说，如果你现在就着手建亭子的话，我杜牧回去就捐500两纹银。李方玄说，我家山上有的是树，木料由我来解决！十几天后，李方玄亲自送来两大马车木材，因此这翠微亭很快就修建起来了。

此亭是砖木结构，四周由六根大红柱撑起六角，上盖红色琉璃瓦，刻有花鸟鱼虫等图案。亭中有大理石圆桌，配有6个鼓形石凳和长条凳。亭前有一条青石走道。小亭显得玲珑幽雅，很具古朴之风。

会昌五年（845）重阳，杜牧由军事判官薛举、司马姜文和处士张承吉等陪同前往翠微亭登高后，在亭中憩息饮酒。张承吉说："今天是九九登高，岂能无诗啊？"而杜牧略微思考后，吟道：

杜 牧

江涵秋影雁初飞，与客携壶上翠微。

尘世难逢开口笑，菊花须插满头归。

但将酩酊酬佳节，不用登临恨落晖。

古往今来只如此，牛山何必独沾衣。

从此，翠微亭就名扬四海，吸引了众多名人和雅士前来观光，如宋代名将岳飞曾来此一游，并挥毫写下：

经年尘土满征衣，特特寻芳上翠微。

好水好山看不尽，马蹄催趁月明归。

其三是重修萧相楼。萧丞相名复，是唐德宗时的宰相，萧相楼是他守池州时的私人府邸，建于大历十年（775）。到会昌五年（845）时已过去整整

70年了，成了危房。萧复守池州时政声很好，百姓感恩戴德，要求重修萧相楼的呼声很高，有的还慷慨解囊。杜牧为了缅怀先贤和顺应民意，遂决定重修此楼，供人瞻仰。萧相楼修好后，杜牧亲自撰写《池州重起萧丞相楼记》刻石纪念，并举行了竣工庆典，此后慕名而来的人群络绎不绝。

其四是造刻漏亭。所谓刻漏，就是古代的计时器，工艺相当复杂。杜牧童年在京时就认识处士王易简，王易简在太和年间曾在湖南、江西等地造过刻漏。杜牧在守黄州返京探亲时，王易简年已九旬，卧床不起，而杜牧跪在其病榻前求得刻漏图纸，准备在黄州建刻漏。但不久他提前结束了黄州任期，便把这图纸带来池州交给了张承吉。张承吉挑选了几个好铜匠和银匠在池州南门建成了刻漏亭，为池州百姓提供了生活便利，人们都很欢喜。

会昌五年（845）腊月和第二年春节期间，古城池州有"三多"（烟花爆竹多、戏班灯会多、走亲访友多），这"三多"代表了百姓心愿：池州来了好刺史杜牧，采取了一系列好举措，稳定了民心，营造了一个太平盛世，因此百姓用这"三多"来表示感激之情。

但不久接到朝廷圣旨，杜牧于会昌六年（846）春节后卸任，回京述职去了。

杜牧是个好官，也是个风流俊赏之人。相传他在池州有个红颜知己，当她身怀有孕之时，杜牧的正室颇有怒意，因此他将红颜知己赠予石埭（今安徽石台）长林乡正杜筠，不久即生荀鹤。杜荀鹤（846—904），字彦之，乃杜牧之子。

杜牧任池州刺史时，很爱九华山，暇时便登楼远眺或上山游玩，九华山周边的陵阳、南阳湾、黄石溪、五溪等处都留有他的足迹。他咏九华的诗作，至今尚流传的有《登九华楼》《登九华楼寄张祜》等篇。杜荀鹤继承了乃父的这一爱好。他走遍了九华的山山水水，因爱九华山奇丽，故而自号"九华山人""九华山叟"。他在山中读书、游览时，作赋吟诗，其中有不少是描写九华山水的佳作。荀鹤出身寒微，生活潦倒，常以"布衣"自称，并自谓"江湖苦吟士""天地最穷人"。青年时代的荀鹤，曾数次上长安应考，不第还山，只能以诗自叹："空有篇章传海内，更无亲族在朝中"，"应怜住山者，头白未登科"。一直到黄巢起义发生后的大顺二年（891），46岁的他才中进士第八名，故时人称"九华山色高千尺，未必高于第八枝"。杜荀鹤离山后，思念九华山的作品甚多，《秋日怀九华旧居》等流露出其弃官归隐九华的心情和身在异地恋乡之苦。他在诗中写道："何当遂归去，一径入松林。"当怀着眷恋的心情从江西归来，回到九华时，他四顾熟悉的奇峰佳景，却与军阀混战、民不聊生的现实形成鲜明的对照，故写下："他乡终日思吾乡，及到吾乡值岁荒。云里峰峦看不遍，马前歧路去何忙。无衣织女桑犹小，缺食农夫麦未黄。好个乾坤谁会得，挥鞭回首出陵阳。"这首诗充分反映了九华山人民的疾苦与呼声，难能可贵。

杜荀鹤

杜荀鹤在九华山与僧人过从甚密，对佛教文化有很深的造诣，在他留世的300余首诗中，就有大量与佛教有关的，给后世留下了一幅幅刻画僧人生活的画卷，如"童子为僧今白首，暗助心地种闲情。时将旧衲添新线，披坐披行过一生"，"度水手中杖，行山溪畔藤"等。

杜荀鹤一生以诗为业，自说"乍可百年无称意，难教一日不吟诗"（《秋日闲居寄先达》）。著有《唐风集》3卷，录诗300余首，是其初及第时所编。

86

《全唐诗》编其诗为 3 卷。

唐末诗歌，大致有三大流派：一是以艳丽著称的温李派，以韩偓为代表；二是以寒瘦苦吟为主的贾岛派，以李洞等为代表；三是着重反映社会现实、民生疾苦，继承元白新乐府衣钵的，以皮日休等为代表。杜荀鹤则是个多面手，他那些表现山林生活、寂静境界的作品，基本上属于贾岛一派。他不是不能写温李风格的诗，列在《唐风集》卷首的《春宫怨》，被人说是宫词为唐第一，并流传谚语说："杜词三百首，惟在一联中：风暖鸟声碎，日高花影重。"那种用宫女的不幸身世象征自己怀才不遇的比兴手法，显示了作者艺术手腕的高超。然而，杜荀鹤诗的主要成就，倒是为数不多的一些同情人民苦难、与元白精神相通的作品。

杜荀鹤自称"诗旨未能忘救物"（《自叙》），又称"言论关时务，篇章见国风"（《秋日山中寄李处士》）。他的《山中寡妇》《乱后逢村叟》，真切地描绘了战乱使农村人民遭受沉重苦难的画面。《再经胡城县》《题所居村舍》，声讨了一群屠杀人民起家的官吏。《旅泊遇郡中叛乱示同志》，揭露了地方藩镇趁火打劫的罪行。在诗人的笔下，再现了黄巢起义被镇压以后，藩镇混战年月里，人民痛苦生活的悲惨世界。此外，如《蚕妇》《伤硖石县病叟》《田翁》，反映了人民深受租税剥削之苦；《雪》《山中对雪有作》，形象地反映了阶级对立的不平等现象。

这类诗篇的写法特点，不同于从元白到皮日休的新乐府。它运用律诗和绝句的形式而又不为声律所束缚，精练地把内涵广阔的境界压缩在短幅之中，常用鲜明的对比手法，使作品富有感染力。语言清新通俗、爽健有力，也显示了诗人能突破同时代华靡诗风，具有创新精神。严羽《沧浪诗话·诗体》列有杜荀鹤体，足见他的诗风在当时有一定的影响力。

下面的几首诗，充分显示了杜荀鹤诗歌风格的多样性：

闽中秋思

雨匀紫菊丛丛色，风弄红蕉叶叶声。

北畔是山南畔海，只堪图画不堪行。

诗人年轻时曾到浙江、福建、江西、湖南等地游历。这首诗描写闽中秋天景色，叹息闽中路途艰险，曲折地表达旅人怀乡之情。诗的前两句写近景，"紫菊丛丛"点明秋季，菊花经雨，滋润而艳丽，这里通过菊花的描写表现出静态的秋之色彩；而在秋风的吹拂下，"红蕉叶叶"，摆动摇曳，既婀娜多姿，又簌簌作响，这就进一步写出动态的秋之声响。第三句宕开笔势，宏观地写出整个闽中山水全景。"北畔是山南畔海"，极为精练地把握住了福建的地理形势特点，整个福建西北部都是连绵崎岖的崇山峻岭，而东南部则是广袤的海岸线，面对的是波涛汹涌的大海，山海既对峙又相接，气势阔大，景色壮丽。这三句诗从微观和宏观的角度写出闽中景色既娇美又壮丽的特点。结句突然转折，发出"只堪图画不堪行"的慨叹，表达出旅途中人的内心感受，由路途之艰难，暗含思乡之情怀，语意含蓄，耐人寻味。

冬末同友人泛潇湘

残腊泛舟何处好？最多吟兴是潇湘。
就船买得鱼偏美，踏雪沽来酒倍香。
猿到夜深啼岳麓，雁知春近别衡阳。
与君剩采江山景，裁取新诗入帝乡。

此诗描写湘江冬景，画面非常生动。"就船买得鱼偏美"，说明当时民风淳朴，湘江沿岸捕鱼为业的渔船不少，河水煮鱼，味更鲜美。尤值大雪纷飞，踏雪沽来美酒，品鱼饮酒，对雪吟诗，是一幅多么有生趣的民俗风情画。接着，诗人笔锋一转，写景之后，进而抒情。他面对晚唐的混乱时世，民不聊生，联系到自己异乡漂泊，归宿渺茫，用"猿到夜深啼岳麓"来概括，是多么意味深长。但他还是对前景存在幻想，企盼太平，安居乐业，用"雁知春近别衡阳"，结合地名特色，寄托复杂矛盾心情，又是多么自然和谐。

山中寡妇

夫因兵死守蓬茅，麻苎衣衫鬓发焦。
桑柘废来犹纳税，田园荒后尚征苗。

时挑野菜和根煮，旋斫生柴带叶烧。

任是深山最深处，也应无计避征徭。

诗歌是以感情来拨动读者的心弦，《山中寡妇》之所以感人，正在于它富有浓厚的感情色彩。但诗并不直接抒情，而是把感情诉诸对人物命运的刻画描写之中。诗人把寡妇的苦难写到了极致，造成一种浓厚的悲剧气氛，从而使人民的苦痛、诗人的情感，都通过生活场景的描写自然地流露出来，产生了感人心魄的艺术效果。

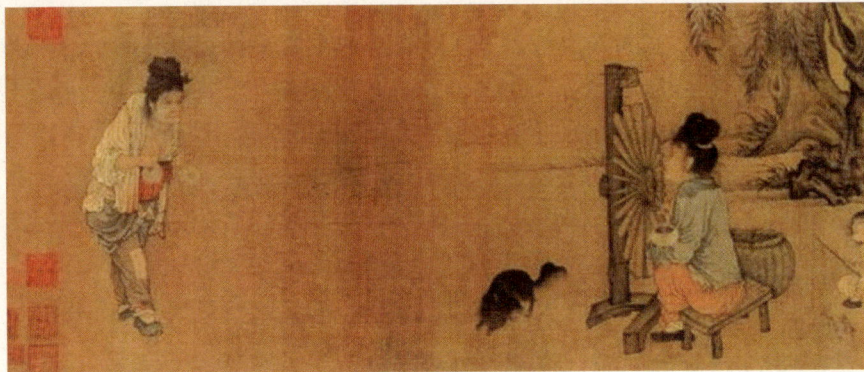

《山中寡妇》

春宫怨

早被婵娟误，欲妆临镜慵。

承恩不在貌，教妾若谁容？

风暖鸟声碎，日高花影重。

年年越溪女，相忆采芙蓉。

全诗除五、六两句写明媚春光，其余均为叙事，前四句写以前由于貌美而被召入宫，从此长伴孤独；主人公因不得宠幸而懒于梳妆打扮。尾二句，由现实转入回忆。这首诗细腻地描绘了失宠宫人复杂的心理活动，将"春"与"宫怨"结合在一起，以大好春光反衬她心中的幽怨，颇具感染力。结尾写入宫前与家乡女伴一同采莲的幸福情景，不仅加深了对宫中生活的怨恨，也是诗人的自况，表达了诗人对官场的鄙弃和对自由生活的向往。

经青山吊李翰林

何为先生死，先生道日新。

青山明月夜，千古一诗人。

天地空销骨，声名不傍身。

谁移耒阳冢，来此作吟邻。

这首缅怀李白的五言诗，相当具有思想深度。有的人死了，但他还活着，他的诗还活着——这种境界，不正是包括李白、杜牧、杜荀鹤在内的所有诗人的共同追求吗？

十四、老树着花无丑枝

要看纯正的友谊，尤其是文人之间的友谊，还得穿越到宋朝才行。

梅尧臣和欧阳修便是一对好友，情趣相投，理念相合，所以两人之间说起话来就比较随便，经常打个趣什么的。比如，欧阳修称梅诗"譬如妖韶女，老自有余态"。看似玩笑话，其实恰恰说出了梅诗的两大特点，那就是坚硬的悲悯和朴拙的诗意。

不妨再说两人的一段逸事。在一次进士考试时，梅尧臣为考官，辅助主考官欧阳修阅卷，发现了苏轼写的《刑赏忠厚之至论》，惊为天人，并推荐苏轼的试卷给欧阳修批阅。欧阳修颇惊其才，但是试卷糊名，欧阳修认为很有可能是弟子曾巩所写，为了避嫌，遂将此卷取为第二。事有碰巧，欧阳修取为第一的卷子，恰好是曾巩所写。

这段逸事再次印证了一个文化现象：天才都是扎堆出现的，而且他们相互借力，最后在某一个灿烂的历史片段，形成如星辰大海般汹涌的文化合力。

而有宋一代的一大帮天才，都对"梅老"崇拜得五体投地，评价中甚至不乏溢美之词。

梅尧臣

91

梅尧臣，宣城（今安徽省宣州市）人。因汉时宣城称宛陵，世称其为"宛陵先生"。他的创作活动开始于1031年，直到他临死的那一年为止，前后整整30年，留下一部《宛陵先生文集》，共60卷，约2900篇，包括诗歌、散文、赋，此外还有不在集内的诗、词各1首。梅尧臣早年的诗歌创作，曾受到西昆诗派的影响，后来由于他关心现实，接近人民，诗风逐渐变化，并提出了同西昆派针锋相对的诗歌理论。他强调《诗经》《离骚》的传统，主张诗歌创作必须"因事有所激，因物兴以通"（《答韩三子华韩五持国韩六玉汝见赠述诗》），对浮艳空洞的诗风进行了批判。

他30岁那一年，在河南县主簿任内的时候，和欧阳修、尹洙发动了一次声势浩大的诗文革新运动。虽然后来欧阳修得到更大的声望，但是在发动之初，梅尧臣无疑是占有领导地位的。北宋诗人欧阳修，稍后的王安石、刘敞以及更后的苏轼都受到他的熏陶，对他怀以高度的崇敬，欧阳修更是始终称尧臣为"诗老"，表达内心的钦慕。由此可见，梅尧臣对于北宋诗坛产生过巨大的影响。

北宋著名诗人、有"宋诗开山祖"之誉的大史学家司马光云："我得圣俞诗，胜有千金珠。"陆游认为梅尧臣是李杜而后的第一位作家，所谓"突过元和作者，其意在此"。一部《剑南诗稿》中，陆游自称"学宛陵先生体""效宛陵先生体"者共8处，他对梅尧臣的推崇，绝不是偶然的。南宋后期的诗人刘克庄，在《后村诗话》里，称梅尧臣为宋诗"开山祖师"，对于他的作品所起的巨大影响，提得非常鲜明。

但是元明之后，文学批评家对于梅尧臣的作品，很少有这样的肯定。在所有诗人中，学宋诗的本来不多，即便是推崇宋诗的，一般都推崇苏轼、黄庭坚，或杨万里、陆游，重视王安石的为数已经寥寥，更少有重视梅尧臣的。直到清末，因为宋诗运动的出现，这才引起世人对于梅尧臣的重视，开始出现研究梅尧臣的专家，不过对于梅尧臣在诗人中的位置，究竟还没有放平，他还没有得到应有的地位。

暂且先把这些文学史上的是非放在一边，来看看梅诗的两大显著特色，实际上，它们也是梅尧臣对于宋诗的两大开创性之功。

一是坚硬的悲悯。梅尧臣生于农家，幼时家贫，酷爱读书，16岁乡试未取之后，由于家庭无力供他继续攻读再考，就跟随叔父到河南洛阳谋得主簿（相当于现今的文书）一职。后历任州县小官。宋仁宗景祐元年（1034），为建德（今安徽省东至县）县令。50岁后，始得宋仁宗召试，赐同进士出身，后授国子监直讲，迁尚书屯田都官员外郎，故人称"梅直讲""梅都官"。可以说，他一辈子基本是在地方上做小官，接地气，而这样一种"土地伦理"，也塑造了他的良善与悲悯。

梅尧臣虽然在仕途上极不得意，但他怀着无限的悲愤、苦闷、渴望和痛苦的心情，写出了大量的直抵人心的诗篇。他的诗能够从多方面反映社会生活，风格平淡朴素而又含蓄深刻。他了解农村生活，在早期就写了一批关怀农民命运的作品，如《田家四时》《伤桑》《观理稼》《新茧》等。以后，他又写了《田家语》："谁道田家乐，春税秋未足！"这首诗用农民的口气，申诉了农民遭受的苦难，反映了沉重的赋税、徭役给农民带来的灾难和痛苦。他的名篇《汝坟贫女》，通过一个贫家女子的哭诉，深刻地反映出广大人民的悲惨遭遇。而在《小村》中，诗人则是直接控诉道："寒鸦得食自呼伴，老叟无衣犹抱孙……嗟哉生计一如此，谬入王民版籍论！"在著名的《陶者》一诗中，他用白描的手法展现了贫富对立的社会现象，诗曰：

> 陶尽门前土，屋上无片瓦。
> 十指不沾泥，鳞鳞居大厦。

这首批判锋芒尽显的小诗，尖锐明朗，读后使人强烈地感到不平。它相当典型地体现出梅尧臣这类诗歌的特点：凝练而又有自由，新巧而又泼辣，在一向被抒情诗用惯了的短小形式里，能够突破陈规，做到议论突出，谈吐不凡。

梅尧臣的诗歌题材相当广泛。他的一部分诗作抒写对国事的关心，如《襄城对雪》之二、《故原战》等；另一些篇章如《彼鴙吟》《巧妇》《闻欧阳永叔谪夷陵》《猛虎行》等，表现了他对于守旧、腐朽势力的痛恨。

二是朴拙的画意。宋代被今人称为"美宋"，绘画艺术和诗歌艺术同样发达。在中国美学之光的烛照之下，这两种艺术及其诗人画家与画家诗人之间相互促进，使得宋画充满了诗意，而宋诗又充满了画意。梅尧臣无疑是得其先声的。

在艺术上，梅尧臣注重诗歌的形象性、意境含蓄等特点，提出了"状难写之景如在目前，含不尽之意见于言外"（欧阳修《六一诗话》引）这一著名的艺术标准，提倡平淡的艺术境界："作诗无古今，惟造平淡难。"（《读邵不疑学士诗卷》）钱锺书称他："主张'平淡'，在当时有极高的声望，起极大的影响。"这一评论很有见地。

梅尧臣的创作实践与其创作主张是一致的，他自己的诗正是以风格平淡、意境含蓄为基本艺术特征。他写了不少山水风景诗，形成了刻画个性、摹写细节的特点，给人以新鲜细致的感受。其中《寒草》《见牧牛人隔江吹笛》《晚泊观斗鸡》等诗，在平凡的景物或事物中寄寓了深刻的哲理。他善于以朴素自然的语言，描画出新颖脱俗的景物形象。如"五更千里梦，残月一城鸡"（《梦后寄欧阳永叔》），"不上楼来知几日，满城无算柳梢黄"（《考试毕登铨楼》），都是意新语工的写景佳句。当然，最出名的还是《鲁山山行》和《东溪》。

鲁山山行

适与野情惬，千山高复低。

好峰随处改，幽径独行迷。

霜落熊升树，林空鹿饮溪。

人家在何许？云外一声鸡。

这首诗运用丰富的意象，动静结合，描绘了一幅斑斓多姿的山景图：深秋时节，霜降临空，诗人在鲁山中旅行。山路上没有其他人，诗人兴致勃勃，一边赶路一边欣赏着千姿百态的山峰和山间的种种景象。仿佛从云外传来的一声鸡鸣，告诉诗人有人家的地方还很远很远，同时也把读者的想象拉伸得很远很远。

东 溪

行到东溪看水时，坐临孤屿发船迟。

野凫眠岸有闲意，老树着花无丑枝。

短短蒲茸齐似剪，平平沙石净于筛。

情虽不厌住不得，薄暮归来车马疲。

　　梅尧臣故乡宣城是个令迁客骚人咏叹不绝的地方。城外有两条小河，句溪和宛溪。宛溪即东溪，自南向北蜿蜒而去。至和二年（1055）春天，正在

人家在何许？云外一声鸡

95

为母服丧的梅尧臣，日子过得比较宽闲，于是在某个晴日来到东溪，写下这首充满画意的名篇。坐临孤屿，诗人看到的是野鸭眠岸，老树着花，短短蒲茸和平平沙石。平平常常的野鸭在岸边栖息，诗人竟看到了其中的闲意，不是"闲人"哪有此境界？这正是推己及物，物我两忘。诗人又看到老树着花，盘枝错节，人老心红，焕发了青春气息。"无丑枝"新颖俏皮，使得诗人恬淡悠然的心绪又一次得到深化。再看那"齐似剪"的蒲茸、"净于筛"的沙石，更觉赏心悦目，心灵也得到了净化。

《东溪》

　　但是，梅尧臣的诗也时有雄奇、怪巧的一面，如《黄河》《梦登河汉》，涵浑壮丽，和他的一般风格迥异。由于他作诗受韩愈、孟郊的影响较大，艺术上有过分议论化、散文化的倾向，有时语言过于质朴古硬，缺乏文采。这些弊病都可看作是为了纠正华而不实的诗风所付出的代价。

　　从景祐元年（1034）赴任，到景祐五年（1038）离任，梅尧臣在建德县为官五个年头。他为人诚厚、清高自持，颇能体察民间疾苦，尽自己的力量做了许多惠政于民的事情。他经常深入乡间百姓家微服私访，与农人、烧瓦匠、贫妇交谈，了解民生，还亲自赶赴山林大火现场、洪水泛滥的溪流进行实地察看。他革除弊政，事必躬亲，当时建德为山区小县，县署外有一圈破旧的竹篱需要修护，因此成了向官吏勒索的借口，梅尧臣来后果断以土墙代替，并在院内植了一丛竹子。

东至是个老茶区，早在唐代，官港的茶叶就火爆商帮，白居易笔下的"商人重利轻别离，前月浮梁买茶去"，指的就是当时隶属于浮梁地区的官港。梅尧臣对东至的茶叶推崇备至，他深入官港茶区亲自考察茶叶的生长气候，采摘、制作、出售的全过程，作有《南有佳茗赋》："南有山原兮，不凿不营，乃产嘉茗兮，嚣此众氓。"传说他作罢掷笔，捋须含笑说："我乃采茶官也！"且又作诗曰"山茗烹仍绿，池莲摘更繁"，把茶叶与池莲并为建德之美。所以，北宋以后建德的茶叶就已负盛名，到了元代就成了十大名茶之一。

游梅山寺时，梅尧臣曾作诗《游梅山寺》一首，诗曰："春山日可爱，因访旧禅宫。路绕危溪入，桥椽古木通。白鸡鸣屋外，绿水过庭中。独坐昔云乐，何如亲友同。"

《至德县志》记载，他去官后，宋嘉定年间，人民为了缅怀他，把县城改称梅城，并于其官舍西偏，为梅公堂以祀之，后邑令柴梦规改梅城后之白象山半山坡半山亭为梅公亭，以祀，后废。元代，吴师道任建德县令，在原址重新修建了梅公亭，并作《梅公亭记》，赞颂他"以仁厚、乐易、温恭、谨质称其人"。明清年间又三次重建梅公亭。民国七年（1918）县长王人鹏再次重修，并作文摹泐于亭基岩壁之上，文曰："'一亭缥缈临秋蒲，两岸波涛送晚潮'，此鹏光绪丁酉梦中得句也。迨民国壬子莅官建德，越明年甲寅，在白象山麓重修梅公亭，亭成，适县名更曰秋浦，回忆旧句，不禁有明月前身之感焉。乙卯仲秋蓼城王人鹏记。"亭，砖木结构，呈长方形，画栋雕梁，为楼阁式建筑，面筒形，黑色陶瓦，四角飞翘，周植古松翠竹，景色宜人。"文革"时梅公亭被毁，今仅存遗址，现为东至县级重点文物保护单位。

梅尧臣的墓位于宣城市郊双山羊麓。因为官清廉，凡其为官之地，民多为之建祠。嘉祐七年（1062），他卒于京师汴京，次年归葬于此，有墓碑、墓祠，欧阳修为之作墓志铭，后世谒墓祭奠者不绝。南宋咸淳六年（1270），文天祥知宁国府（府治宣州），特往祭梅墓，并以梅氏墓为题作诗。今墓冢已修复，并在原碑基座上另立新碑，墓祠亦将复原。

十五、今夕何夕皆有情

诗歌史上有这样一些诗人，作品不多，甚至流传下来的只有那么一两首，却是伟大的不朽之作。例如初唐诗人张若虚，单凭一首《春江花月夜》就"孤篇压全唐"，获得了永恒，可谓"一首诗的伟大"。

何以伟大？是因为这首《春江花月夜》写出了宇宙的宏大和人性的博大。张若虚所经历的那一个春夜，由于诗歌精神的点化，变成了一个宇宙之夜、一个人性之夜。

有趣的是，数百年之后，另一位张姓诗人也遭遇了一个月色辽阔的良夜，而他同样用充沛的才思和情怀，把这个良夜变成了中国诗歌史上永恒的纪念日。

念奴娇·过洞庭

洞庭青草，近中秋、更无一点风色。玉鉴琼田三万顷，著我扁舟一叶。素月分辉，明河共影，表里俱澄澈。悠然心会，妙处难与君说。

应念岭表经年，孤光自照，肝胆皆冰雪。短发萧骚襟袖冷，稳泛沧浪空阔。尽挹西江，细斟北斗，万象为宾客。扣舷独啸，不知今夕何夕。

张孝祥所经历的这样一个月夜，可以说是标准的宇宙之夜和人性之夜，那是一个烟波浩渺、声势浩大的洞庭，而在无风的月夜乘一叶扁舟划过湖面，那静寂的水光如同三万顷的玉鉴琼田，关于宇宙人生的感慨，也伴随着"水随天去云无际"的空灵境界油然而生。

《念奴娇·过洞庭》

渺小的扁舟和广大的洞庭在冥冥中对应着有限的人生和无垠的宇宙，"寄蜉蝣于天地，渺沧海之一粟，哀吾生之须臾，羡长江之无穷"。虽然心生无常之感，但是"素月分辉，明河共影，表里俱澄澈"，月光如水水如天，这种境界不正是苏轼在《前赤壁赋》中所说的"惟江上之清风，与山间之明月，耳得之而为声，目遇之而成色，取之无禁，用之不竭，是造物者之无尽藏也，而吾与子之所共适"吗？所以，无常的哀感就在这月华水光中化为理性的通观——"悠然心会，妙处难与君说"。

对此时的张孝祥来说，在偏地为官的岁月里，唯有"孤光自照"。这"孤光"，既是天空中亘古不变的月光，也是心中百折不挠的信仰。即使遭遇不幸，心中的光芒也能支撑自己在黑暗中踽踽独行，于是"肝胆皆冰雪"，光明如斯，澄澈如斯。纵然短发稀疏，衣衫寥落，却能稳泛于沧浪之间，因为内心有一种高洁旷达的情操。那么，就以西江水为酒，以北斗星为盏，邀万物为宾客，畅饮胸中的情怀吧。轻扣船舷，仰天长啸，早已忘记了今夕何夕。"今夕何夕"出自《诗经·唐风·绸缪》："今夕何夕，见此良人。子兮子兮，如此良人何？"新婚的喜悦缠绵跃然纸上。而张孝祥这首词中全然没有娇羞婉曲的情态，却是激荡着超越时空、与天地同在、与日月同生的豪情逸气！就让满怀襟抱散入虚无的幻境之中吧，它们可以在这浩然之气中得到永生！

这首词作，充盈着天人合一、宠辱偕忘的精神，王闿运极力推崇此洞庭词说："飘飘有凌云之气，觉东坡《水调》犹有尘心。"（《湘绮楼词选》）这是至高的评价了。

有着这样一种胸襟的人，必定有着不凡的人生经历，张孝祥的确是顶天立地的英伟男子，在他那不到 40 年的生命历程里，时时充满了书生意气的高蹈。

公元 1127 年，北宋为女真金朝所灭，徽、钦二帝被俘，同年宋高宗赵构在商丘称帝，建立了南宋政权。在南宋小朝廷与金朝常年对峙的风雨之中，百姓大规模南迁避难的情况发生了。张孝祥之父张祁亦率母领弟离开历阳乌江（今安徽和县乌江镇），避难移居至明州鄞县（今浙江宁波鄞州）。1132 年，张孝祥出生在鄞县的方广寺的僧房中，并在鄞县生活到 13 岁。1144 年，张祁举家返乡，然而并没有回故乡历阳，而是居于芜湖，因为芜湖位于长江之南，金人威胁较少。芜湖、于湖二县名字唐后混淆，因此张孝祥自号"于湖居士"，指代的实际上是芜湖，亦足见他对芜湖这一"第二故乡"的深厚感情。

张孝祥虽在贫苦中长大，但自幼资质过人，被视为天才儿童，《宋史》称他"读书一过目不忘"。16 岁，张孝祥通过了乡试，走出了迈向仕途的第一步。绍兴二十四年（1154），张孝祥 22 岁，参加廷试。高宗亲自将其擢为第一，居秦桧之孙秦埙之上，同榜中进士的还有范成大、杨万里、虞允文。此次科举考试，本来掌握在秦桧手中，因为高宗干预，张孝祥才能得中状元。高中状元一事，改变了他一生的命运。登上政治舞台不久，张孝祥便站在了主战派一面。一则，他登第不久便上言为岳飞鸣冤；二则，他在朝堂上对秦桧党羽曹泳提亲"不答"，这一对主和派鲜明的反对立场，使得他得罪了秦桧一党。秦桧指使党羽诬告其父张祁杀嫂谋反，将张祁投入监狱，百般折磨，张孝祥因此牵连受难，幸而秦桧不久身死，才结束了这段艰难的时期。

1154—1159 年的 5 年中，张孝祥官居临安，接连异迁，直至升任为中书舍人，为皇帝执笔代言。平步青云之态，难免遭人嫉妒。汪彻一纸弹劾，使其丢官外任。罢官以后，张孝祥回芜湖赋闲两年半，在此期间，金主完颜亮南下。虽无官职，张孝祥仍旧密切关注战局变化，并提出抗金计策，致书李显宗、王权等军事将领，据陈战略。他的好友、同年进士虞允文在采石矶大败金兵，迫使金主完颜亮移师扬州渡江。不久，完颜亮被部下叛将所杀，南宋朝廷得到相对的稳定——听闻此事后，孝祥当即作了一首《水调歌头·闻采石矶战胜》，词中所呼"我欲乘风去，击楫誓中流"表达了他渴望能够建功立业、做一番事业的豪情。采石矶战后，他赴建康，谒南宋主战重臣张浚，席上赋《六州歌头》词：

　　长淮望断，关塞莽然平。征尘暗，霜风劲，悄边声。黯销凝。追想当年事，殆天数，非人力，洙泗上，弦歌地，亦膻腥。隔水毡乡，落日牛羊下，区脱纵横。看名王宵猎，骑火一川明。笳鼓悲鸣。遣人惊。

　　念腰间箭，匣中剑，空埃蠹，竟何成。时易失，心徒壮，岁将零。渺神京。干羽方怀远，静烽燧，且休兵。冠盖使，纷驰骛，若为情。闻道中原遗老，常南望、翠葆霓旌。使行人到此，忠愤气填膺。有泪如倾。

　　就像杜甫诗历来被称为诗史一样，这首《六州歌头》完全可以被称为词史。上阕，描写江淮区域宋金对峙的态势。"长淮"二字，指出当时的国境线，昔日曾是动脉的淮河，如今变成边境。这正如后来杨万里《初入淮河》诗所感叹的："人到淮河意不佳……中流以北即天涯！"国境已收缩至此，只剩下半壁江山。极目千里淮河，南岸一线的防御无屏障可守，只是莽莽平野而已。追想当年靖康之变，二帝被掳，宋室南渡，谁实为之？天耶？人耶？语意分明，而着以"殆""非"两字，便觉摇曳生姿。洙、泗二水流经的山东，是孔子当年讲学的地方，如今也为金人所占，这对于词人来说，不禁从内心深处激起震撼、痛苦和愤慨。自"隔水毡乡"直贯到歇拍，写隔岸金兵的活动。一水之隔，昔日耕稼之地，此时已变为游牧之乡。更应警觉的是，金兵的哨所纵横，防备严密。尤以猎火照野，凄厉的笳鼓可闻，令人惊心动魄。金人南下之心未死，国势仍是可危。

　　下阕，抒写复国的壮志难酬，词情更加悲壮。悲愤的词人把锋芒直指偏安的小朝廷，一针见血地揭穿说，自绍兴和议后，每年派遣贺正旦、贺金主生辰的使者，交割岁币银绢的交币使以及国信使、祈请使等，充满道路，在金受尽屈辱，忠直之士更有被扣留或被杀害的危险。即如使者至金，在礼节方面仍须居于下风，这就是"若为情"（何以为情）一句的事实背景。"闻道"两句写金人统治下的父老同胞，年年盼望王师早日北伐收复失地。"翠葆霓旌"，即饰以鸟羽的车盖和彩旗，是皇帝的仪仗，这里借指宋帝车驾。作者举出中原人民向往故国，殷切盼望复国的事实，就更深刻地揭露偏安之局是多么的违背人心。结尾三句顺势所至，更把出使者的心情写了出来。张孝祥伯父张邵于建炎三年（1129）使金，因不屈被拘留，幽燕 15 年。任何一位爱国者出使渡淮北去，就都要为中原大地的长期不能收复而激起满腔悲愤，为中原人民的年年伤心失望而倾泻出热泪。

这首词的强大生命力就在于词人"扫开河洛之氛祲，荡洙泗之膻腥者，未尝一日而忘胸中"的爱国精神，所以一旦倾吐为词，发抒忠义就有"如惊涛出壑"的气魄。同时，《六州歌头》篇幅长，格局阔大，多用三言、四言的短句，构成激越紧张的促节，声情激壮，正是词人抒发满腔爱国激情的极佳艺术形式。据南宋无名氏《朝野遗记》说："歌阕，魏公（张浚）为罢席而入"，可见其感人之深。

张孝祥塑像

1162 年，张孝祥复官，先后知抚州和平江府。1164 年，张浚推荐张孝祥，称其"可负事任"，升迁为中书舍人，迁直学士院，兼都督府参赞军事，领建康留守。尽管当时因为军事失利，朝廷内议和声大起，但张孝祥仍旧坚持自己主战收复中原的理想，向孝宗奏议。四月，张浚罢黜，八月逝世。十月，孝祥被罢免知建康府。主战派完全失败，汤思退指使尹穑弹劾张孝祥，张孝祥因此第二次在政治生涯上遭到打击和排斥。1165 年，张孝祥复官，随后辗转几地做官，但终难施展抱负。乾道五年（1169）三月，张孝祥请祠侍亲获准，回乡退隐，绝意仕途。

在十几年的官场生涯中，张孝祥几番起落，终究没有能实现自己的政治愿望，最后黯然离开官场时的心情是抑郁的，但是他为官期间，颇有治才，怀着"恻袒爱民之诚心"，政绩卓著。在抚州时，他身先士卒，一人单枪匹马与乱兵对峙，干净利落地平定了兵乱，离开抚州之时，父老夹道相送。在平江时，他惩治大姓奸商，收缴其米仓，第二年饥荒，用收缴的粮食接济灾民；浙东大水，两次上疏请不催两浙积欠，由于他的努力，朝廷从其所请，使得万千灾民得以生存。在建康时，张孝祥专心治理水患，为民请命，招抚流民，处理妥当，足见其才能与魄力。在潭州时，他关注农事，勤勉公事，善待黎民，使得"狱事清静，庭无留滞"（《敬简堂记》）。最终，在荆州任上，尽管不过短短数月，对朝廷的失望亦愈发沉郁，但张孝祥仍旧尽忠职守，加强武备，整修军塞，筑堤防洪，建仓储粮，置万盈仓以储漕运。而在其第二故乡芜湖，张孝祥更是捐出自己的 300 亩田地为湖，疏通水源，为芜湖开通"水泽地脉"——今日镜湖便可为证。

乾道五年（1169）三月，张孝祥返还芜湖。七月，得急病而逝。英年早逝，殊让人为之叹息。对于其死因，据周密《齐东野语》：以当暑送虞雍公（虞允文），饮芜湖舟中，中暑卒。张孝祥的死是让人意外的，孝宗有"用才不尽"的叹息。他的好友、张浚之子、著名理学家张栻更是哀悼，著文以悼之曰："嗟呼！如君而止斯耶？其英迈豪特之气，其复可得耶？其如长江，巨河奔逸汹涌，渺然无际，而独不见其东汇溟渤之时耶？又如骅骝、绿耳追风绝尘，一日千里，而独不见其日暮锐驾之所耶？此栻所以痛之深，惜之至，而哭之悲也。"

　　张孝祥死后葬于建康上元县钟山之清国寺，今墓存于南京江浦老山。在他短暂的 38 年的生命中，激荡着正直与良知，他是一位可敬的仁人志士。但就是这样一位奋发有为之士，也有"忘"的时候，在那一个月圆的夜晚忘掉自己、忘掉时间，从而进入澄明的逍遥之境。

　　英国现代诗人狄兰·托马斯说，"不要温柔地走进那个良夜"，此处"良夜"指的是死亡之时。只活了 39 岁的狄兰·托马斯提醒人们不要对死亡屈服。出世与入世，昨夕与今夕，美丽和寂灭，生命与死亡，原来不过一纸之隔，于是每一个有生的日子、每一个有味的夜晚，怎能不尽情高蹈？

十六、颍西湖畔骚客多

古代我国各地共有西湖 36 处，其中颍州西湖与杭州西湖、惠州西湖并称中国三大西湖。颍州西湖位于安徽阜阳城西北一公里的新泉河两岸，是古代颍河、清河、小汝河、白龙沟四水汇流处，因阜阳在北魏以后称颍州而得名，为历代名胜。

颍州西湖形成于秦朝时期，在唐代时初具规模。作为一代名湖，它到底有多美？

> 西湖清宴不知回，一曲离歌酒一杯。
> 城带夕阳闻鼓角，寺临秋水见楼台。
> 兰堂客散蝉犹噪，桂楫人稀鸟自来。
> 独想征车过巩洛，此中霜菊正花开。

这是唐诗人许浑作的一首《颍州从事西湖亭宴饯》诗。从许浑诗里，我们看到在唐代，西湖已有寺宇、楼台、亭榭、画舫、花木。颍州西湖地处淮北平原，既无高山奇峰依托，也无涌泉瀑布映衬，它的魅力究竟何在呢？

明《正德颍州志》载：西湖"长十里，广三里，水深莫测，广袤相齐"。而明《嘉靖颍州志》对颍州西湖的写照，或许有助于我们了解宋朝时颍州西湖的胜景：菱荷飘香，绿柳盈岸；芳菲夹道，林苑烂漫；曲径通幽，斜桥泽畔；画舫朱艇，碧波涟滟；楼台亭榭，错落其间。这一切宛如一帧灵秀美妙的水墨画卷展现眼前，令人神往。《大清一统志》云："颍州西湖闻名天下，亭台之胜，觞咏之繁，可与杭州西湖媲美。"

颖州西湖自唐至清的历代建筑很多，仅据史志所载就有近 30 处，其种类包括亭、榭、楼、阁、堂、台、寺、桥等，或建于崇台，或依于水际，或卧于碧波，疏密有致。例如六一堂，为欧阳修所建居所，生前居于此堂，亦辞世于此；会老堂，位于六一堂西侧，曾是来访宾客所住的地方。

颖州西湖书院，欧阳修知颖时所建，是颖州第一家官私合办的书院，为当时的颖州培养了一批读书人，营造了一种良好的攻读诗书文化的氛围；太学博士陈师道，因苏轼等推荐移任颖州教授，曾讲学于此；书院前有露台，中有"四贤祠"（纪念晏殊、欧阳修、吕公著、苏东坡），后有梧月柳风堂，最后有胜绝亭，为登高览胜处，胜绝亭内有苏东坡亲笔碑记。

西湖畔还有文庙、西湖闸、聚星堂、欧阳文忠公祠、昭灵侯庙、去思堂、清颖亭、竹间亭、撷芳亭、画舫斋、宜远桥、望佳桥、飞盖桥等名胜景观。

颖州西湖景色优美，四时俱佳，自宋仁宗庆历以后，中枢辅臣、文坛巨子晏殊、欧阳修、吕公著、苏轼、赵德麟等先后知颖，并留下了 259 首著名诗篇，其中"唐宋八大家"占 4 人，另外还有"南宋四大家"之一的杨万里，以及与苏轼齐名的黄庭坚，他们都与钟灵毓秀的颖州西湖结下不解之缘。他们钟爱西湖，疏浚西湖，在那里广植花树菱荷，增益亭阁楼台，更以他们独具的视角去发现和提炼西湖的美，把它凝聚于笔端，挥洒于尺素，写下了一首首、一曲曲颖州西湖的绝唱，成为颖州西湖余韵悠远的人文景观的一部分。

大文豪苏东坡在任杭州太守赞美杭州西湖时写道："欲把西湖比西子，浓妆淡抹总相宜。"当他调离杭州当了颖州太守，看到颖州西湖时，眼前一片惊喜，脱口而出：

太山秋毫两无穷，巨细本出相形中。
大千起灭一尘里，未觉杭颖谁雌雄。

由此可知颖州西湖在历史上就以其优美的自然风光和独特的园林建筑闻名于世，可以说与杭州西湖不相上下、雌雄难分。

对颖州西湖一往情深的还要数欧阳修，他以曼妙的诗词创作，成了颖州的一面文学大旗。可以说，在阜阳人的心目中，是欧阳修成就了颍州西湖，同时也是颍州西湖让世人更长久地记住了欧阳修。

> 平湖十顷碧琉璃，四面清荫乍合时。
>
> 柳絮已将春去远，海棠应恨我来迟。
>
> 啼禽似与游人语，明月闲撑野艇随。
>
> 每到最佳堪乐处，却思君共把芳厄。

据考证欧阳修曾先后 8 次到颍州，这是庆历五年（1045）深秋欧阳修第一次来时写下的诗作《初至颍州西湖》，抒发了"相见恨晚"之意。此后就一发而不可收，一来再来，对颍州无比眷恋。

史书记载：皇佑元年（1049），欧阳修自扬州移知颍州，开始扩建西湖。此后熙宁四年（1072 年），欧阳修以太子少师、观文殿学士致仕，退居颍州，寓西湖六一堂。颍州及西湖，在欧阳修的一生之中占据了特殊的分量。

> 菡萏香清画舸浮，使君宁复忆扬州？
>
> 都将二十四桥月，换得西湖十顷秋。

这是欧阳修当年作的一首《西湖戏作示同游者》诗，抒发了他对西湖的热爱及难以割舍。在他的一生，共写下 43 首与颍州西湖有关的诗词，不仅是历代文人中咏颍州西湖风景最多的人，而且创下了咏一个地方风景最多的纪录。欧阳修生于四川绵阳，祖籍江西庐陵，其一生 66 年，在仕宦长达 40 年，但他到绵阳和庐陵的次数却没有他去颍州的次数多。是什么因素让他不愿回江西老家，却以颍州为家，并在晚年退休定居颍州呢？

根据欧阳修留下的诗词及《欧阳修与颍州》《阜阳史话》这两本史料

欧阳修

湖畔雅集

记载来看，当时欧阳修喜爱颖州缘于以下几个方面原因：

第一个原因是颖州民风淳厚，土地肥沃，物产丰富。他在《思颖诗后序》中讲得颇为动情："皇佑元年春，予自广陵得请来颖，爱其民淳讼简而物产美，土厚水甘而风气和，于时慨然而有终焉之意也。"可以说，他在第二次到颖州时就萌生留颖之意，并携家眷迁颖定居，买地建房。而在他第五次和第六次假道颖州时，就开始在颖州扩建以前居住的房屋，实为他将来年老退职居住。

第二个原因是，他不仅对颖州的风土人情非常眷念，而且对风光迷人的颖州西湖情有独钟。他在滁州作的《醉翁亭记》中流露的寄情山水、与民同乐的思想，也是他生活情趣的一种表现。虽然颖州地处平原，少山川之壮美，然而颖州西湖之绮丽，则让他流连忘返。所以，他寓居颖州时，载酒泛舟于西湖，或流连烟柳绿波，或与友人赋诗酬唱，乐在其中。他一生坎坷，未能实现其政治抱负，而寄情山水、归隐田园，便成了他人生的终极目标。

此外，还有一个重要的原因是欧阳修身体非常羸弱，已未老先衰。《宋史·欧阳修传》记载：当年48岁的欧阳修，守完母丧回京赴任时，觐见仁宗。帝见其发白，问劳甚至。由此可知，欧阳修48岁时，已如风烛残年，何况后来又患上了严重的眼疾、足疾、风眩等疾病。正是因为当时的颖州气候温和，四季分明，雨水充沛，风景美丽，适于治病养老，所以欧阳修才将颖州作为其晚年养老所在地。

　　　轻舟短棹西湖好，绿水逶迤，芳草长堤，隐隐笙歌处处随。

　　　无风水面琉璃滑，不觉船移，微动涟漪，惊起沙禽掠岸飞。

　　这首词在欧阳修《采桑子》组词中名列第一，而描写四季风景是《采桑子》组词的重要内容。这首词写的是春色中的西湖，风景与心情、动感与静态、视觉与听觉，两两对应而结合，形成了一道流动中的风景。全词以轻松淡雅的笔调，描写泛舟颍州西湖时所见的美丽景色，以"轻舟"作为观察风景的基点，舟动景换，但心情的愉悦是一以贯之的。整首词色调清丽，风格娟秀，充满诗情画意，读来清新可喜。

欧阳修塑像

　　作为欧阳修的学生兼好友，苏东坡对颍州西湖也是垂爱有加。他与欧阳修相互唱和，共同把颍州西湖抬举到了中国名胜史上的一个高峰位置。

《木兰花令·次欧公西湖韵》

霜余已失长淮阔，空听潺潺清颍咽。佳人犹唱醉翁词，四十三年如电抹。
草头秋露流珠滑，三五盈盈还二八。与余同是识翁人，惟有西湖波底月！

这首词是元祐六年（1091），苏轼56岁时为怀念恩师欧阳修而作。其时欧翁已经去世快20年了。

全词景中生情，情中含景，情景交融，意境幽深，意绪凄婉，抒发了作者由悲秋而怀人伤逝的深沉思绪，读来令人一咏三叹，感慨不已。

上片写自己泛舟颍河时触景生情。作者于当年八月下旬到达颍州，时已深秋，故称"霜馀"。深秋是枯木季节，加上那年江淮久旱，淮河也就失去盛水季节那种宏阔的气势，这是写实。第二句"空听潺潺清颍咽"的"清颍"写的也是实情。"咽"字写出了水浅声低的情景。水涨水落，水流有声，这本是自然现象，但词人却说水声潺潺是颍河幽咽悲切之声，这是由于他当时沉浸于怀念恩师欧阳修的思绪中。此句移情于景，使颍河人格化了。

接下来一句"佳人犹唱醉翁词"，"醉翁词"是指欧阳修创作的组词《采桑子》等，当时以其疏隽雅丽的独特风格盛传于世。而数十年之后，歌女们仍传唱，足见"颍人思公"。这不光是思其文采风流，更重要的是思其为政"宽简而不扰民"。欧阳修因支持范仲淹的政治革新而被贬到滁州、扬州、颍州等地，但他能兴利除弊，务农节用，曾奏免黄河夫役万人，用以疏浚颍州境内河道和西湖，使"焦陂下与长淮通"，西湖遂"擅东颍之佳名"。因此，人民一直怀念他。传唱他的词和立祠祭祀，就是最好的说明。苏轼推算，他这次来颍州，上距欧公知颍州已43年了，岁月流逝，真如电光一闪而过，因此下一句说"四十三年如电抹"。

词的下片写月出波心而生的感慨和思念之情。"三五盈盈还二八"是借用谢灵运《怨晓月赋》"昨三五兮既满，今二八兮将缺"，意思是十五的月亮晶莹圆满，而到了"二八"即十六，月轮就要缺一分了，可见生命短促，人生无常。最后两句"与余同是识翁人，唯有西湖波底月"，结合自己与欧阳修的交情，以及欧阳修与颍州西湖的渊源，抒发对恩师的缅怀之情。自欧公守颍以后43年，不特欧公早逝，即使当年识翁之人，存者亦已无多，眼前者，只有自己，以及西湖波底之月而已。写自己"识翁"，融合了早年知遇之恩、师生之谊、政见之相投、诗酒之欢会，尤其是对欧公政事道德文章之钦服等种种情事。而西湖明月之"识翁"，则是由于欧公居颍时常夜游西湖，波底明月对他特别熟悉。

这首词，委婉深沉，清丽凄恻，情深意长，幽深的秋景与心境浑然一体，传达出因月光之清冷孤寂而生的悲凉伤感。全词一派淡泊，在凄清的秋水月色中油然而生怀人之情，悲叹人生无常，令人感慨万千，怅然若失。它像一支充溢淡淡忧伤的歌曲，袅袅地流进了读者的心田。

可惜的是，后来由于黄河泛滥，颍西湖被泥沙填平，昔日美景，已不复存在。现仅存的古迹"会老堂"，坐落在国家 AAAA 级旅游风景区——阜阳生态园内。

十七、各领风骚在眼前

宋元以来，小说和戏剧创作风起云涌，诗词已经不再是中国文坛的主流。但明清两朝，安徽仍然出了一批优秀诗人，虽然并不为今天的读者所熟知，但在当时却是引领风骚，万众瞩目。

高逊志（1330—1402），字士敏，号啬庵，安徽萧县人。他从小好学，知识渊博，文章典雅。生活在元朝末年的高逊志，因为不愿仕元，绝意仕途15年，常与牛谅、陈世昌、徐一夔、周棐等志士谈论国事，曾以"不可久留豺虎乱，南方犹有未招魂"为韵，题诗寄志。

明洪武二年（1369），高逊志以秀才身份欣然应荐入仕，一年后参与续修《元史》，授翰林编修，累迁试吏部侍郎。建文初，任太常少卿，与董伦同主庚辰会试，得士王艮、胡靖等，皆为名臣。燕王朱棣兵入南京，建文帝朱允炆仓皇出逃，据传一路逃至高逊志家中，当时高氏已全家他避，室无一人。帝率从官至厅，略坐，见庭中梅，果实正熟，乃摘食

高逊志

之，题诗于壁上："主人浮舸去，燕子空守梁。果熟无人采，留供过客尝。"足见高逊志与建文帝有着深厚的君臣之谊。政变中，高逊志由于找不到建文帝，不得已避兵遁迹于浙南雁荡山中，流离颠沛，感愤成疾，最终饿死于山中。对高逊志的"洁身避兵"，清代学者朱彝尊说："太常避兵洁身，去其官，走永嘉山中，是秋穷饿以死，誓作西山饿夫，不失古大臣之义欤！"

高逊志的诗歌创作以七言为主，尤其擅长七绝，现录三首：

茗川夜宿

山绕荒城水自流，霜空月色满溪楼。
夜长欹枕浑无寐，二十五声都是愁。

题陆滨村舍壁

记得移家白露时，秋风又是一年期。
独怜零落溪边柳，那得长条系所思。

题卢元佐所藏江山图

结茅曾住白云间，游宦多年客未还。
开卷偶然乡思动，数峰浑似鄂州山。

这几首诗，颇似中唐诗风，意境空廓，闲愁顿生。其实，闲愁丝毫不闲，其来有自，总与某种人生境遇相关联，但又并非一时一地之愁，也非一人一代之愁，而是天下人都要经历之愁。故今天的读者读到这些诗句，往往要于时光的辗转之中，或兴起个人的身世之叹，或更进一步，触及千古的大寂寞和大空虚。

黄观（1364—1402），字澜伯，又字尚宾，安徽省贵池人。生活在明朝初年的他自幼勤奋，治学严谨，注重时论，不尚浮文。从秀才到状元，经过6次考试（县考、府考、院考、乡试、会试、殿试），均获第一名，时人赞誉他"三元天下有，六首世间无"。须知，在1300年的中国科举史上，连中三元的仅有16人（也有17人一说），明朝300多年的历史中，也只有黄观和商辂两

113

人。而6次考试都是第一名的，唯有
黄观一人，这在历史上是绝无仅有的。
应该说，黄观不仅是贵池的骄傲，也
是安徽的骄傲，更是中国科举史上的
奇迹。

黄观塑像

照理说，一条青云大道已经在黄
观面前铺开，但他为人耿直，忠烈满
怀，最后酿成了千古悲剧。建文元年
（1399），建文帝朱允炆改旧制，黄观
任右侍中，掌管玉玺，与方孝孺、齐
泰等同为建文帝之亲信，参与重要国
事奏议。朱允炆即位时年仅21岁，
且为人愚钝、怯懦。燕王朱棣自恃皇
叔身份，雄踞北平要地，手握重兵，态度傲慢，入朝不拜建文帝朱允炆。
群臣畏其权势，缄口不敢言，唯独黄观当面顶撞朱棣曰："虎拜朝天，殿上
行君臣之礼；龙颜垂地，宫中叙叔侄之情。"其忠君、刚直、胆量和勇气可
见一斑！建文四年（1402），朱允炆采纳齐泰、黄子澄等人的建议，实行削
藩政策，加强中央集权，引起了诸王的反抗。朱棣以讨伐齐泰、黄子澄为
名，号称"靖难"，挥兵南下，攻打南京。黄观为朝廷起草了一份声讨燕王
叛逆的檄文，文辞犀利，颇有锋芒。随后，又奉旨赴长江上游各地去征兵
调将，以征剿叛逆，为建文帝勤王保驾。朱棣攻占南京后，开始寻找玉玺，
一直没有找到，有人告诉他建文帝交给黄观到外地去募兵和督师了。于是，
明成祖公布"文职奸臣"名单，把黄观名列第六，下令通缉。其时，黄观
尚滞留在安庆未归。留居南京城内的妻室翁氏（贵池池口人）及两个女儿，
均被搜捕者拘留，只等旨下，便要把她们配与"象奴"。明朝早期，南京曾
养有许多大象，牧象人谓之"象奴"。黄观夫人翁氏，为避免受辱，携两个
女儿以及家中眷属10人，投河于淮青桥下，均溺水而死。黄观在安庆探得
消息，悲痛得不能自已，遂乘舟江上，为亡人招魂。船到家乡贵池乌沙罗
刹矶处，他穿起朝服，面向金陵，朝拜故主，随即纵身于激流之中，以死

114

殉职。舟人急忙打捞，仅得珠丝棕帽，葬于贵池翠屏山北麓。随后，朱棣诛杀、坐狱、谪戍黄观家族百余人。相传，黄观之弟尚有遗腹子侥幸留世。直至明亡，南明政权偏安金陵时，福王追谥黄观"文贞"，在金陵（今南京）立祠表彰。

黄观流传下来的诗文极少，现录二首：

书塾后望九华

不识九华路，朝朝见九华。
笑他千里客，辛苦入烟霞。

溪上晚眺

日暮碧云净，余霞天际红。
村烟远近里，山色有无中。
古树斜阳暗，孤峰洗月濛。
门开一涧曲，星影落桥东。

诗为心志，从第一首《书塾后望九华》，也可以看出黄观为人之不肯流俗。

时光匆匆，如白驹过隙一般地来到了明末清初，安徽诗坛则有程嘉燧和施闰章等大家。

程嘉燧（1565—1643），书画家、诗人，字孟阳，号松圆、偈庵，又号松圆老人、松圆道人、偈庵居士、偈庵老人、偈庵道人，晚年皈依佛教，释名海能。安徽休宁人，应试无所得，侨居嘉定，折节读书，工诗善画，通晓音律，

程嘉燧

115

与同里娄坚、唐时升并称"练川三老"。谢三宾合三人及李流芳诗文，刻为《嘉定四先生集》，有《浪淘集》。

他少年科举不成曾学剑，后刻意读书，极为钱谦益推重。其论诗主张先立人格，再立诗格，反对前后七子模拟之风，当时被人称为"一代宗主""晚明一大家"；擅山水，宗倪瓒、黄公望，笔墨枯冷疏瘦，格调极高；画花卉沉静恬淡，格韵并胜，与李永昌属天都派，亦为新安派先驱，是与董其昌齐名的"画中九友"之一。传世作品有《为方季康写山水图》《梅花图》《仿倪瓒山水图》《孤松高士图》《松泉芝石图》《苍松寿石图》《幽亭老树图》《赠别图》《松鸡图》等。

程嘉燧《远山古屋图》

程嘉燧的诗名和他的画名一样卓著，而他的创作也达到了诗画互补、水乳交融的境地。他的画，充满了诗意；他的诗，也充满了画意。

忆金陵六首杂题画扇（选三首）

秋阴殢客思腾腾，木末荒台尽日登。
谁信到家翻忆远，雨斋含墨画金陵。

最忆西风长板桥，笛床禅阁雨萧萧。

只今画里犹知处，一抹寒烟似六朝。

腊下风光旅客颜，奇情孤绝未能还。

携钱日向旗亭醉，醉看长江雪后山。

这三首七绝，颇有唐人风味，正所谓"状难写之景如在眼前"。

题长蘅次醉阁

为爱檀园开北阁，两回三宿小房栊。

坐深曲洞香灯焰，睡美疏棂晓日烘。

白拂花飞方丈雨，素屏滩响一床风。

但名次醉犹嫌俗，合作禅栖住远公。

这首七律则充满娴雅之趣，让沉沦于俗务的今人颇为向往。明清之际，出现了一批又一批的生活艺术家，因为对现实不满，他们就逃到诗里去、逃到画里去、逃到禅里去、逃到大自然里去，显然，程嘉燧就是他们当中的代表。

施闰章比程嘉燧稍晚，于明神宗万历四十六年（1618）出生于江南名邑宣城双溪，其家为"一门邹鲁"的理学世家，祖父、父亲都是理学家。施闰章自幼父母早逝，养于祖母，事叔父如父。受业复社名士沈寿民，博览经史，勤学强记，工诗词古文学。少年即有文名，曾去北京，与宋琬、严沆、丁澎、张谯明、赵锦帆、周茂元等以诗相和，时称"燕台七子"。与邑人高咏生主持东南诗坛数十年，时称"宣城体"。施闰章常与同道唱和，一诗脱稿，争相传诵。

清顺治六年（1649）中进士，授刑部主事，奉使桂林，历员外郎，刑部尚书称赞他"引经折狱，平反者盈十百，而大憝者终无幸者"。顺治十三年（1656），参加高等御试，名列第一，遂擢山东提学金事，取士"崇雅黜浮"，有"冰鉴"之誉，当时"四方名士"慕其名而"负笈问业者无虚日"。蒲松龄便曾得到施闰章的赏识，被取为头名秀才（童子试第一名），比一般情况下考中秀才更为荣耀，随着施闰章的文声日益高涨，也就越来越显得荣耀。后来，蒲松龄屡就乡试不中，回想起施闰章对他的提携之恩，就更加感激施闰章了。于是，蒲松龄便借《胭脂》这个故事，大张旗鼓地夸赞施闰章"爱才护才"。

顺治十八年（1661），施闰章调任江西布政司参议，分守湖西道，辖临江、吉安、袁州三府。当时湖西地区天灾人祸，盗贼蜂起，民不聊生。施闰章一到任，即往民间了解民情，发现农民无力交粮，被逼为盗，他作《劝民急公歌》《湖西行》等诗，进行劝导。他还遍历湖西的崇山峻岭、低谷大川，访问民间疾苦，并写下不少反映人民呼声的诗作，受到当地人民的爱戴。他在任上十分注重民风教化，在袁州重建昌黎书院，在吉安修葺白鹭书院，亲自讲学，主张"以存诚立教"。由于一系列惠政，百姓尊称他为"施佛子"。康熙六年（1667），清廷裁撤道使，施闰章被罢官。湖西地方父老乡亲多次联名挽留不允，于是地方集资创设龙冈书院，以纪念他的德政。及至告别之日，"父老夹道焚香，泣送数十里"。

施闰章归乡闲居10年，一心服侍叔父施誉终老，无意仕途，每遇朝廷征召，称病不就。康熙十八年（1679），朝廷开博学鸿儒科，他仍称病不应。还是其叔一再劝说，他才离家北上，经过考核，名列二等第四名，授翰林院侍讲，纂修《明史》。康熙二十年（1681），任河南乡试正考官，二十二年（1683）转侍读，并作《太宗圣训》的纂修官，不久病逝于京邸。

施闰章书法

　　施闰章可谓家学渊源，底蕴深厚，给了他的诗歌创作以充分的给养。其所创的"宣城体"自树一帜，所主张的学术与文学水乳交融、密不可分，以"醇厚"为则，追求"清深"诗境和"朴秀"风貌，呈现出独具一格的"清真雅正"的艺术特色，雄踞清初文坛十年之久。施闰章著有《蠖斋诗话》，主张"诗有本""言有物"，反对"入议论"，推尊唐人，反对宋诗。这从他的一首小诗《山行》中便可见一斑：

　　　　野寺分晴树，山亭过晚霞。

　　　　春深无客到，一路落松花。

　　诗中描绘的山景，以晚霞、松花作衬，色彩鲜明，静中有动，突出了山色的幽静，与王维《辛夷坞》诗"木末芙蓉花，山中发红萼。涧户寂无人，纷纷开且落"意趣相近。全诗技巧纯熟，笔触细腻，用语浅近，不事雕琢，其恬静淡之风格更似王、孟。

　　张裕钊在《国朝三家诗钞》中，将施闰章、郑珍、姚鼐并列为清代三大诗人。王士禛论康熙时诗人，将施闰章与宋琬合称"南施北宋"，认为他的诗"温柔敦厚，一唱三叹，有风人之旨"（《池北偶谈》），甚至把施氏"秋风一夕起"的律诗与"惊心动魄、一字千金"的《古诗十九首》相提并论。不过，王士禛所推重的主要是施闰章的五言近体，即晚年取径"王孟风致"的作品。这类诗虽然写得空灵凝练，意境悠深，但内容未免单薄狭隘，诗中多表现封建士大夫孤芳自赏情绪。赵翼就曾讥刺他"以儒雅自命，稍嫌腐气"（《瓯北诗话》）。

　　施闰章一生作诗很多，现存3200多首，其诗以五言居多，成就最高。其中多酬唱之作，但一部分为描写乱离生活，反映人民疾苦的作品，现实性很强。另有部分描写山川景物的诗作，也不无意义。施闰章那些关注现实的作品，主要是他中年游学京师、奉使桂林、提学山东、分守湖西时所创作的古风，五言如《抵桂林》《大阮叹》《临江悯旱》《新谷篇》《铜井行》《壮丁篇》，七言如《老女行》《海东谣》《弹子岭歌》《万载谣》《舆夫无行》，乐府如《上留田行》《浮萍兔丝篇》《鸡鸣曲》《抱松女》《病儿词》等。在这些作品中，清朝军队的杀掠，赃官酷吏的横行，战乱、天灾、赋税交相煎熬下农村的荒凉凋敝，各业百姓的深重苦难，尤其是妇女的悲惨遭遇，都得到一定的反映。

泊樵舍

涨减水愈急，秋阴未夕昏。

乱山成野戍，黄叶自江村。

带雨疏星见，回风绝岸喧。

经过多战舰，茅屋几家存？

这首五律苍劲悲凉，一股寒气扑面而来，"战舰"经过，"茅屋"无存，揭示了乱世百姓的凄惨命运。

浮萍兔丝篇（并序）

李将军言：部曲尝掠人妻，既数年，携之南征。值其故夫，一见恸绝。问其夫，已纳新妇，则兵之故妻也。四人皆大哭，各反其妻而去。予为作《浮萍兔丝篇》。

浮萍寄洪波，飘飘东复西，兔丝胃乔柯，袅袅复离披。

兔丝断有日，浮萍合有时。浮萍语兔丝：离合安可知？

健儿东南征，马上倾城姿。轻罗作障面，顾盼生光仪。

故夫从旁窥，拭目惊且疑。长跪问健儿：毋乃贱子妻？

贱子分已断，买妇商山隈。但愿一相见，永诀从此辞。

相见肝肠绝，健儿心乍悲。自言亦有妇，商山生别离。

我戍十余载，不知从阿谁。尔妇既我乡，便可会路岐。

宁知商山妇，复向健儿啼。本执君箕帚，弃我忽如遗。

黄雀从乌飞，比翼长参差。雄飞占新巢，雌伏思旧枝。

两雄相顾诧，各自还其雌。雌雄一时合，双泪沾裳衣。

此诗约作于顺治八年（1651），当时南明政权仍依恃云贵两广之地与清对峙。施闰章时年34岁，正补任刑部湖广司主事，奉使广西。诗中所叙，即为使途中闻于军中李将军之所言。诗以传统的乐府歌行形式，用浮萍、兔丝及雌雄鸟作比，叙述了两对夫妻的离合遭遇，反映了战乱给人民群众（包括士兵）带来的苦难。古绝句有"兔丝从长风，根茎无断绝；无情尚不离，有情安可别"语（见沈德潜《古诗源》卷四），此词则反其意而用之。全诗语言浅显，明白如话，哀婉凄恻，悲怆感人，表现了诗人对饱受战争苦难人民的深切同情。

江 上 翁

朝逢江上翁，凿船沉水底。问君何为尔？双泪落江水：
"一身事舟楫，八口相依倚。妻儿死冻饿，官家有驱使，
十月达黄河，惊飙西北起。举楫成坚冰，严寒堕手指。
甫归复见捉，连樯守江涘。愚者怒焚舟，延烧不可弭，
本为逭逃计，翻葬鱼腹里！此业能陷人，沉之祸则已。"
栖乌惜其巢，毁巢逝安止？请翁勿复陈，吾亦掩双耳。

本诗约作于湖西道任上。当时，作者耳闻目睹了凿船沉水这一事实，以老船夫的悲惨遭遇，揭露了官差拉伕给船民带来的灾难，表现了船民们愤极而采取的消极反抗。然而，船凿沉了，船烧毁了，今后将何以为生呢？"请翁勿复陈，吾亦掩双耳。"诗人只能掩住双耳，不忍再闻了。

祀 蚕 娘

华灯白粥陈椒浆，田家女儿祀蚕娘。
愿剌绣裙与娘着，使我红蚕堆满箔。
他家织缣裁罗襦，妾家卖丝充官租。
馀作郎衣及儿袄，家贫租重还有无。
蚕时桑远行多露，好傍门前种桑树。

本诗为施闰章乡居时所作。诗以自述的口吻，描写了养蚕妇祭祀蚕神以求丰收的情景，反映了普通农村妇女侍奉尊长、抚养儿女的最低生活愿望。然而，官租太重，卖丝充租以后，还剩下什么呢？她只能希望桑树种得离家近些，好

让她有更多时间养更多的蚕，那时，"郎衣""儿袄"或许就有可能做成了。

以上几首诗，只是施闰章现实主义诗歌创作的一角，但已经透露出杜甫、白居易的诗史情怀。

除了心忧天下苍生的情怀之外，施闰章还有着品味细腻生活的浓浓情趣。康熙十九年（1680），施闰章叔父施誉寄了一包敬亭绿雪茶给他，他还把它送给同僚好友王士祯分享。王士祯收到新茶后，特作《谢愚山寄敬亭绿雪茶》云："珍重宣州绿雪芽，钗头玉茗未许夸。晚凉梦到双溪路，宿火残钟索斗茶。"以示谢意。施闰章热爱故乡山水，尤爱故乡名茶敬亭绿雪，他写了《敬亭采茶》诗记其事，还写下《绿雪茶（二首）》赞美自己家乡的这一珍贵特产。

施闰章

敬亭雀舌枉争传，手制从过谷雨天。
酌向素瓷浑不辨，乍疑花气扑香泉。

第一首绝句是写敬亭绿雪手制的时间及茶叶的特质。"敬亭雀舌"，是说敬亭绿茶形如雀舌。敬亭绿雪茶叶肥壮，全身白毫，色泽翠绿；泡后，汤清色碧，白毫翻滚，如雪茶飞舞；香气鲜浓，似绿雾结顶，故称"绿雪"。"枉争传"，徒然争相传诵。为什么会"枉争传"呢？因为开春以后，人们就想争着去敬亭山看采茶、制茶，从立春等到雨水，又从雨水等到春分，然而敬亭绿雪的采制要谷雨以后，这比一般的茶叶似乎晚了一些，因为敬亭绿雪生长在群峰的阴山上，过了谷雨天才能采摘、制作，起先热烘烘的、争相传诵，没有用，是枉然。这更加突出敬亭绿雪有多少人在关注它。第三句"酌向素瓷浑不辨"，直接写敬亭绿雪的特质。冲泡后，汤色清澈明亮，简直看不出里面有任何东西，茶叶与素瓷"浑不辨"。这茶叶给人们的感觉怎样呢，最后一句"乍疑花气扑香泉"给了人们回答，也留出了美好的想象空间。

> 最难消息趁春晴，摘叶看僧顷客成。
> 眼前何人玉川子，可容庙界独佳名。

第二首绝句是写看僧人采茶及敬亭绿雪独享声名。开头一句"最难消息趁春晴"，是说最难得的消息是要赶在春天晴朗的日子里去看采茶，为什么？因为敬亭山岩谷幽深，山石重叠，云蒸霞蔚，日照短，漫射光多，茶园多分布于山坞之中，竹木荫浓，阳光遮蔽，所以晴天最好。第二句"摘叶看僧顷客成"，是说采茶的时候看的人很多，多到"顷客成"。敬亭山海拔314米，群峰耸立，主峰名一峰，峰上建有一峰庵。茶树生长在两峰之间的阴山上，以一峰庵及上十坝一带所产之茶品质最佳。这多由僧人采茶。第三句"眼前何人玉川子"，前半截是一个疑问句，后半截是一个肯定句，说眼前有何人哪？他是玉川子吧。自问自答。玉川子是唐代的饮茶高手卢仝。玉川子本为井名，在河南济源县泷水北。卢仝喜饮茶，尝汲井泉煎煮，故自号"玉川子"。最后一句"可容庙界独佳名"点出了敬亭绿雪在茶界的显赫地位。《宣城县志》载："松萝茶处处有之，味苦而薄，然所用甚广。唯敬亭绿雪最为高品。""明、清之间，每年进贡300斤。"难怪新中国成立后郭沫若亲笔为"敬亭绿雪"题名。敬亭绿雪，已成为全国名茶之一。

明清之际的安徽诗坛，还涌现出以张莹为代表的一批女性诗人，也成为别样风景。

张莹，生于崇祯戊寅（1638）十二月，卒于康熙癸亥二十二年（1683），终年46岁，安徽桐城人，兵部尚书张秉贞之女，盛极一时的张英的堂妹，方以智之子方中履之妻。性慧，喜读书。出嫁后，即摒弃纷华，从夫学诗。间为一篇，以写其意，多见道语，不类世俗女奁之音。著有《友阁集》。

九日怀远

> 卷帘愁见北来鸿，独坐焚香万念空。
> 小阁又经黄雀雨，孤帆好趁鲤鱼风。

三秋有约惟书至，千里还家只梦中。
近日悲凉君若见，归心定与妾心同。

张 莹

壬子春日感怀

小园狼藉暮春阑，微雨轻风尚薄寒。
远信望过三月尽，空怀怕见百花残。
世情半在愁中悟，俗累多因病后宽。
幸有图书堆满架，闲来取次一开看。

暮春游王夫人园林

芳郊春欲暮，偶尔过柴关。
路曲都因竹，亭高喜就山。
一桥穿树出，双鹤引雏间。
镇日林泉趣，尘嚣忘世间。

夜泛菱湖

四望渺无际，连天水自明。

星随渔火尽，橹带雁声鸣。

夜色千林静，秋风一叶轻。

草虫喧两岸，久听不知名。

从这几首小诗，可以见出清丽的语词之下所蕴含的深细情感。

十八、乱世琴瑟暗相鸣

　　越是乱世，才子佳人越是充满了对于命运的焦虑感，对于人生的颓废感，对于历史的幻灭感。于是，要抓紧时间去爱，抓紧时间去写，但这些想不留下任何遗憾的男女，时世却和他们开了一个大玩笑，让他们留下了巨大的终身遗憾。

　　有一对男女颇为典型，他们是明清之际的龚鼎孳和顾横波。

　　龚鼎孳（1616—1673），字孝升，号芝麓，江西临川人，祖籍安徽合肥（故有"龚合肥"之称）；崇祯七年（1634）进士，在明官至兵科给事中。崇祯十七年（1644），龚鼎孳降李闯王大顺政权，授直指使。后复降清，屡沉屡浮，官至礼部尚书，死谥"端毅"。乾隆四十一年（1776）入《贰臣传》乙编，有《定山堂诗集》43 卷传世。龚鼎孳在清初诗坛颇具盛名，与钱谦益、吴伟业并称为"江左三大家"。

　　顾横波是"秦淮八艳"之一，

龚鼎孳

原名顾媚，字眉生，一字眉庄，别字后生，生于 1619 年，江苏吴县人。顾横波通晓文史，工于诗词，她写的诗词清新纯真，人人争诵。她作有《海月楼夜坐》《花深深·闺坐》《虞美人·答远山夫人寄梦》《千秋岁·送远山夫人南归》等诗词，收入所著《柳花阁集》。顾横波还擅长绘画，尤其偏爱画兰，颇能把兰花的清幽雅静表现得淋漓尽致，17 岁时所绘《兰花图》扇面今藏于故宫博物院中。绘画之外，顾横波又精音律，尝反串小生与董小宛合演《西楼记》《教子》，其身段、音色、神态，无不恰到好处，令人称绝。

顾横波

身为名妓，尽管天天有佳客，夜夜有盛宴，但顾横波心里却还藏着一块最大的心病，尤其是风雨人寂的深夜，她对镜自怜，吟出一首悲悲切切的《忆秦娥》：

花飘零，帘前暮雨风声声。风声声，不知侬恨，强要侬听。

妆台独坐伤离情，愁容夜夜羞银灯。羞银灯，腰肢瘦损，影亦伶仃。

风月场的女子最怕就是人老珠黄、门庭冷落，所以必须趁着风华正茂时寻一个好归宿，以求后半生的安宁。日子长了，顾横波还是基本"锁定"了一个人，他就是南京城里的名门公子刘芳。两个人情意绵绵，甚至在兴头上还曾订下白首之盟。可是相好已有 3 年，顾横波也年已 20 岁，刘芳却总是支支吾吾，对婚嫁之事一拖再拖。原来刘芳也有苦衷，他曾向家中透露娶名妓顾横波为妾的意思，遭到了家人坚决的反对，认为此举有辱门庭清誉，而他本是个懦弱之人，根本不敢与家庭决裂，事情也就这么不明不白地拖着。

就在此时，天上掉下了另一个多情公子，这就是年轻的进士龚鼎孳。龚鼎孳博学多才，少年得志，回合肥省亲后返回京城的路上，来到南京城，想领略一番六朝金粉的韵味。经友人介绍，他来到眉楼，一见到明眸如水的顾横波，立刻为之倾倒。他欣赏了顾横波的兰花闲作，叫好之余也小试身手，当即以她为主角画了一幅《佳人倚栏图》，还自作主张地题上一首诗：

> 腰妒垂杨发妒云，断魂莺语夜深闻。
>
> 秦楼应被东风误，未遣罗敷嫁使君。

诗中的相求之意已不言自明，顾横波面露羞色，却不肯表明是否同意。因为她对这种场面见得太多，自然不会轻易相信一位陌生客人的许诺。龚鼎孳似乎也看透了她的心意，便不加强求。接下来，龚鼎孳在南京盘桓了整整一个月，一个月里天天来到眉楼，或邀顾横波同游金陵山水，或两人静坐楼中吟诗作画，一派你侬我侬。临行前，他提出带顾横波同往北京赴任。顾横波思量再三，终究没有同意，只是取下一只金钗做信物，约定等龚鼎孳再来南京时相会。

顾横波绘兰石

　　龚鼎孳走了，顾横波不由得朝思暮想。这时，刘芳又想来重温旧好，顾横波却觉得兴味索然，只把他当一般客人淡淡相待。千等万等，中秋过后不久，龚鼎孳终于第二次来到眉楼，这回他是赴南方公干路过此地，时间甚紧，却仍千方百计地挤出时间来看望顾横波。他只能在眉楼停留一天时间，临走前好不容易说服了顾横波，同意等他回头时随他同往京城。

　　一个月后，龚鼎孳回到眉楼，兴冲冲地准备为顾横波赎身再娶回京城，怎料顾横波竟又改变了主意，借口是自己身贱德薄，不堪做官家之妇。龚鼎孳失望之余，对她仍然千抚百爱，最后好说歹说，顾横波总算答应等一年之后，再随他去往京城。她是想用这一年时间，来考验龚鼎孳对她的诚心。

　　春去秋来，鱼雁传书中一年很快就过去了，龚鼎孳并未因顾横波一推再推而心生厌烦，约定的时间一到，他马上专程赶到南京，一本正经地向顾横波求婚。顾横波终于体会到了他的一片真心，感动之下点头应允。这是崇祯十四年（1641）的事，离他俩的初识已经整整两年了。

　　成婚后，顾横波随夫君北上京城。为了彻底摒除昔日欢场岁月的阴影，她洗尽铅华，不但告别了浓妆艳抹，还自作主张改名换姓，取用了"徐善持"的姓名。中国人取名一向含有深意，这个名字可以看作顾横波的自我宣言，即"善持内务，助夫腾达"。而龚鼎孳似乎也心领神会，喜滋滋地叫她"善持君"了。

　　这时，龚鼎孳在京城的官职是兵科给事中，属于谏官一类。明代谏官多好发议论，善于弹劾别人。再加上龚鼎孳恃才傲物，故曾前后弹劾周延儒、陈演、王应熊、陈新甲、吕大器等权臣，很有一点意气风发、为民请命的姿态了。

　　但总的说来，公务并不繁忙。因而，龚鼎孳有充足的时间来陪伴爱妾，夫妻俩可以从容地、全面地实践他们的生活美学了。北京城里几乎所有的名胜古迹，都留下了小两口相偎相依的身影和甜甜蜜蜜的笑语。闲暇时，他们静静地待在家中，品茗清谈，斗棋赏花，每一个日子都是那么轻舞飞扬。这一天，龚鼎孳来了兴致，又为顾横波画了一幅小像。画上的她春风满面，眼带醉态，那不是酒醉，而是被眼前的幸福醉倒了。画成后，顾横波娇笑盈盈地提笔在上面题了一首诗：

识尽飘零苦，而今始得家。

灯蕊知妾喜，转看两头花。

这首诗将她此时的心境表露无遗。苦尽甘来，有一个风雅华贵的"暖巢"相栖，有一个前程似锦的"暖男"相伴，她这个前青楼女子的人生可谓大获成功了。

顾横波绘悬崖兰

然而，政治风云变化莫测，此时的大明政权已经处于风雨飘摇之中，内困外交，大厦将倾。明思宗崇祯十七年（1644），李自成攻下京城，龚鼎孳与顾横波阖门投井，未死被俘虏。龚鼎孳经受不住拷掠，接受直指使之职，巡视北城。不料还没坐稳位置，当年五月，清军又攻陷京城，此时的龚鼎孳大约已经抱定随波逐流的态度，何况降第二次比降第一次心理负担要小得多，于是，他又顺理成章地成了大清的臣子。后人所谓"闯来则降闯，满来则降满"，说的正是此事。

龚鼎孳虽为三朝之臣，其身份让人颇为不耻，但却官运亨通，一路做到了礼部尚书。在龚鼎孳官至一品后，顾横波也顺理成章地接受诰命，封为"一品夫人"，从世俗的眼光看，已经到达其人生的最高峰了。康熙三年（1664）冬，顾横波一病不起，卒于北京铁狮子胡同，龚鼎孳在北京长椿寺建妙香阁纪念。

虽然历史学者对于龚鼎孳的品行多有微词，但公允地说，他终究还算一个具有真性情的人物。他不仅自己有才，而且惜才爱士，对困厄贫寒名士常倾力相助，赢得"穷交则倾囊橐以恤之，知己则出气力以援之"的名声。

龚鼎孳绝非没心没肺之徒。降清之后，他潜藏的心迹流露在那些感伤的作品中。龚鼎孳诗中很大一部分是表现对仕清的自责与悔恨，也就是失路之悲，例如著名的《初返居巢感怀》：

> 失路人悲故国秋，飘零不敢吊巢由。
> 书因入洛传黄耳，乌为伤心改白头。
> 明月可怜销画角，花枝莫遣近高楼。
> 台城一片歌钟起，散入南云万点愁。

此诗写于龚里居守制期间，家愁、国变及自己的难堪、羞愧，都使此篇字字带泪，语语着情，感人肺腑，读来令人心酸。

在龚鼎孳大量的送别、怀人、赠答诗中，"失路"这一意象被广泛使用，用以表现内心忏悔、自责、沧桑、羞愧的种种复杂感情。如作于康熙四年（1665）的《老友阎古古重逢都下感赋》："城南萧寺忆连床，佛火村鸡五更霜。顾我浮踪惟涕泪，当时河道久苍凉。壮夫失路非无策，老伴逢春各有乡。安得更呼韩赵辈，短裘浊酒话行藏。"阎古古即阎尔梅，乃是龚之旧友，明亡后，阎因抗清被逮捕，两人多年未见。既而重逢，加以龚即将为阎了结此案，故惭喜交加，欲呼其他友人如韩圣秋、赵友沂等共来叙重逢之乐，此诗将龚面对老友时的喜悦、羞愧表现得细微入神。《赠丁野鹤》其三："失路感恩悲喜集，扁舟载行一心人。"面对老友、故人，龚毫不掩饰对自己"失路"的愧疚。龚为情深之人，视友朋如性命，他在朋友面前是坦诚无欺的，所以其诗完全可以视为其心画心声。

"失路"从字面上可理解为迷路、走错路及穷途末路之意，细观龚诗，应取前两义为确，即为迷路、走错路之义。龚用此词可说曲尽心声，他正是在人生路上走错了关键一步，所以使自己后半生常处于心灵的煎熬之中。

一位西方思想家说，懦弱而有良心的人是世界上最痛苦的人，明清之际的一些贰臣文人正是如此。吴伟业称自己为"天地间一大苦人"，而龚鼎孳在诗中则屡称自己为"恨人"，如《赠丁野鹤》："江山如此恨人留，痛哭焚书向古丘……"再如《和雪堂先生遂初、秋岳舒章秋日书怀诗二首》其一：
"恨人怀抱本苍茫，愁对秋云万里长……"《秋怀诗二十首和李舒章韵》其
六："岂必清歌发，时时唤奈何。九秋生事拙，六代恨人多……"这些诗句中
的"恨"，显然不是儿女之恨，而是山河易主之恨，是国恨，可谓重于泰山。
也就是说，龚鼎孳对无论是顺代明，还是清代明，他都是有所痛惜的，并为
自己的"失路"而惭恨。如《初春试笔和秋岳韵》其三："……白雪新知少，
青山恨事多。春来萧瑟意，容易感蹉跎。"身世之感，命运之嗟，岂是一个
"恨"字了得，真是此恨绵绵无绝期。

在龚鼎孳的诗集中，除了"失路之痛"这个主题外，故国之思也是另外
一个重要主题。在《如农将返真州以诗见贻和答》一诗中，就表达了龚对故
国的强烈思念：

> 曾排阊阖大名垂，蝇附逢干狱草悲。
>
> 烽火忽成歧路客，冰霜翻美贯城时。
>
> 花迷故国愁难到，日落河梁怨自知。
>
> 隋苑柳残人又去，旅鸿无策解相思。

姜垓，字如农，明末因言事被遣戍，龚鼎孳曾三次上书相救。明亡龚入
仕新朝，姜则坚守气节不仕，是当时著名的遗民。此时二人重逢，已是江山
易帜，友仇皆散。"花迷故国"之愁、"日落河梁"之怨，形象而确切地刻画
出龚的复杂心态，既有对故国深切的爱恋，又有对自己李陵身份的惭怨。"故
国"作为与新朝对立的意象和传统文化的载体，对其的追思与怀念即表现了
贰臣对失路之行为的深切忏悔，也表现了贰臣诗人与遗民共同的文化品格。
这也是他们虽然政治立场大相径庭，但私交却甚笃的重要原因。

龚鼎孳的故国之思可说是无处不在，无论是热闹的歌舞场、酒宴席，还
是思朋怀友、伤春悲秋，都能引起作者浓重的故国之思。他在《和秋岳八月
十六夜诗》其三中就表达了这种思想感情："樽前客散雀罗空，万事飘零一枕
工。故国故人明月路，秋花秋草隔年丛……"再如《午日李舒章中翰招同朱
遂初孙惠可给谏集小轩演吴越传奇得端字》："穷巷凉风起薜萝，遥怜斗酒共
经过。早霜故国清砧远，斜日中原画角多……"一字一句，都仿佛子规啼血，

触目惊心。

　　此外，与故国相关的意象、词语，也多出现在龚诗中。如《赠丁野鹤》："……热血空怜霜草碧，遗民今见竹林游。垂阳袅袅能愁客，彼黍离离又报秋。"《暮春集子唯园亭酬赠》其一："相逢何意落花边，不记曾经天宝年。江左衣冠同逝水，旧家亭沼尚平泉……"《和于皇见赠之作》："君居白下门长杜，我到青山事已非。旧雨忽逢犹蝶梦，斜阳无语又乌衣。"诗中的"竹林""江左衣冠""白下门""乌衣巷"等都是南方景物，流露出浓厚的南国情结。这不是一般的对地理环境的偏爱，在作者心中，南方的"江左衣冠"象征着"汉宫威仪"，代表汉族文化，是与白山黑水的北方游牧文化相对立的。所以，南国情结也就是故国情绪，是作者终身为之梦绕魂牵的精神家园。如《清明同古古诸子登妙光阁》："天涯乌鹊总南枝，飘泊根柯晚不移……"《初返居巢感怀》："……明月可怜销画角，花枝莫遣近高楼。台城一片歌钟起，散入南云万点愁。"云是南云，枝是南枝，对南国景物的怀念也就是对清朝北方文化的不认同，也是其产生故国之思的文化根源。再如写于康熙庚戌（1670）秋冬之际的《云中古檗二老仲调小集花下叠韵》："四海双蓬鬓已银，艰难身许故笼真。一枰棋局浮云过，依旧南枝过眼新。"此时，龚鼎孳已是快60 岁的人了，清朝建立已经20 多年了。随着年光流逝，许多遗民都已淡漠了恢复之志、故国之情，而龚鼎孳的南国情结却是愈老愈浓，并且丝丝缕缕地渗透到日常生活之中了。

十九、为有创新多尝试

　　中国古典诗歌发展到晚清，其形式已不能适应社会进步的要求。19 世纪末 20 世纪初，梁启超、谭嗣同、夏曾佑等人有过"诗界革命"的呼吁，黄遵宪又首倡"新派诗"，都为随后的五四新诗运动起了先导的作用。

　　何谓新诗？一言以蔽之，它是适应时代的要求，以接近群众的白话语言反映现实生活，表现科学民主的崭新内容，以打破旧诗词格律形式束缚为主要标志的新体诗。

　　对新诗正式诞生贡献最大的无疑是胡适。他的卓越在于他携着一股自由的风，朝气蓬勃地撞击着中国旧体诗的格调和语言；他的幸运在于他遇到了一帮好同人和一本好杂志，共同完成了诗歌革命的第一场战役。

　　这本好杂志便是《新青年》。继发表胡适的《文学改良刍议》之后，《新青年》于 1917 年 2 月第二卷第六号上刊出胡适的白话诗 8 首。这是中国诗歌运动中出现的第一批白话诗。第四卷第一期又集中刊出胡适、刘半农、沈尹默三人的白话新诗 9 首。

　　1920 年 3 月，胡适的《尝试集》出版，这是五四新文化运动时期第一部白话新诗集。胡适认为古今文学革命运动总是从文体的大解放入手，因此提出："若想有一种新内容和新精神，不能不先打破那些束缚精神的枷锁镣铐。"（《谈新诗》）他作为倡导以白话写诗的第一人，主张新诗的文体是自由的和不拘格律的观点，对新诗的创立有积极意义，并直接导致了五四新诗最初的自由诗派的形成。当时，以《新青年》为基本阵地的最早一批新诗尝试者，除胡适、刘半农、沈尹默等外，尚有陈独秀、鲁迅、周作人、李大钊等人，他们致力于创立自由体的白话诗，其中标志着完全摆脱了旧诗词影响而卓然自立的，当推周作人的《小河》。

青年胡适

继《新青年》之后，《新潮》《星期评论》等刊物也团结了一批新诗开拓者，如写《冬夜》的俞平伯、写《草儿》的康白情、写《踪迹》的朱自清、写《童心》的王统照、写《晚祷》的梁宗岱等。文学研究会中的诗人，更以郑振铎、周作人、俞平伯、徐玉诺、郭绍虞、叶绍钧、刘延陵、朱自清的合集《雪朝》显示了创作实力。他们抱着"为人生而艺术"的宗旨，开辟了早期新诗注重社会生活，揭露黑暗，以新诗作为干预人生手段的现实主义倾向。朱自清是其中成绩显著的诗人。他的《毁灭》以长篇抒情的方式，写五四退潮之后的青年"颇以诱惑的纠缠为苦，而哑哑求毁灭"的矛盾心境，留下了"一个个分明的脚步"。王统照也有《这时代》问世，集子里的诗透过朦胧的意象，传达了人间的苦味。冰心也是文学研究会中较早开始诗歌创作的作者之一，她的代表作《繁星》《春水》深受泰戈尔的影响，晶莹清丽，浸透着人性主题下的母爱和童心。这些由智慧和情感的珍珠缀成的短诗，内容自由活泼，形式不拘一格，从侧面传送出五四时期思想开放的自由气氛，也与新诗独立于旧诗之后扬弃模式化的抒情转向重视理性阐发的追求相衔接，一时写者甚多，形成了新诗史上的小诗运动。其中，皖籍诗人宗白华的《流云小诗》较有影响。

五四时期，青年男女渴望挣脱封建旧礼教的束缚，湖畔诗社汪静之、冯雪峰、潘漠华、应修人的合集《湖畔》《春的歌集》因此为世人注目。皖籍诗人汪静之尚有《蕙的风》和《寂寞的国》。这些作品显示出争取婚姻自由、反对封建主义的勇气和激情。

至此，新诗已经蔚然成风，形成气候。盘点其发展轨迹，得风气之先的胡适自然居功至伟。作为新文化运动最重要的旗手之一，胡适反对文言文，提倡白话文，鼓吹白话文学的"八不主义"：一不言之无物，二不摹仿古文法，三不讲求（拘泥）文法，四不作无病呻吟，五不用滥调套语，六不用典，七不讲对仗，八不避俗字俚语。胡适是一个知行合一的人，他以创作大量白话诗歌实践着自己的文学主张。

1916 年 8 月 23 日，尚在美国留学的胡适写了首诗叫《朋友》，据说是中国第一首白话诗，第二年发表于《新青年》杂志上，诗题改为《蝴蝶》：

> 两个黄蝴蝶，双双飞上天。
>
> 不知为什么，一个忽飞还。
>
> 剩下那一个，孤单怪可怜；
>
> 也无心上天，天上太孤单。

这首诗，讲平仄，讲对偶，行文自由，意象清新，诗意浅露，格调不算高雅，但在当时封建禁锢几千年余威未尽的情况下，的确是难能可贵的大胆创新。所以，后来胡适干脆把他的白话新诗集命名为《尝试集》。

《蝴蝶》很好地体现出了胡适在白描方面的追求，一股美国风的气息扑面而来，表面上看不经意，其实是苦心经营之果，耐人寻味。胡适最开始是在 1915 年的时候，迈出写白话诗的第一步，但是与朋友

老年胡适

们意见相左的是，他并不提倡旧体诗词的格律，而是打算废除格律一说。《蝴蝶》一诗便显出作者内心得不到大家共鸣的苦闷。而胡适一贯的容忍的态度，使得他自己并没有真正抱怨朋友的心情，这一点在他的《四十自述》里面有所体现。后来，胡适翻译了莎拉的一首《在屋顶之上》，他采取意译的方式，将其翻译为《关不住了》。胡适以此作为新诗的纪元，它迎合胡适所一直提倡的新诗的音节，标志着彻底与旧诗决裂的决心与勇气。

再看其后的两首作品：

一　念

我笑你绕太阳的地球，一日夜只打得一个回旋；

我笑你绕地球的月亮儿，总不会永远团圆；

我笑你千千万万大大小小的星球，总跳不出自己的轨道线；

我笑你一秒钟走五十万里的无线电，总比不上我区区的心头一念！

我这心头一念：

才从竹竿巷，忽到竹竿尖；

忽在赫贞江上，忽在凯约湖边；

我若真个害刻骨的相思，便一分钟绕遍地球三千万转！

相思乃是中国旧诗写尽了也写滥了的主题，在胡适手里，却翻出了新意。首先是运用了"太阳""地球""星球""轨道线""无线电"等科技语；二是句式虽长，却富有音韵美，颇有莎士比亚的风味。

秘魔崖月夜

依旧是月圆时，

依旧是空山，静夜；

我独自月下归来，

这凄凉如何能解！

翠微山上的一阵松涛，

惊破了空山的寂静。

山风吹乱了窗纸上的松痕，

吹不散我心头的人影。

这首诗承接着古典的意象和意境，却如旧瓶装新酒，装满了现代人的心情，在音韵上比起古诗，也显得更加舒展。

梦 与 诗

醉过方知酒浓，

爱过才知情重；

你不能做我的诗，

正如我不能做你的梦。

周作人说，中国文人心中住着两个鬼，一个是绅士鬼，另一个是流氓鬼。而胡适心中也住着两个鬼，一个自然是绅士鬼，而另一个则是情种鬼。这首《梦与诗》虽然不长，却似乎将诗人那波澜丛生的情史都浓缩在其中了。

胡适既是多情种子，也是罕见的大学问家，涉猎极为广泛，他对文字学十分精通，还写过一首关于文字方面的白话打油诗：

文字没有雅俗，却有死活可道。

古人叫做欲，今人叫做要；

古人叫做至，今人叫做到；

古人叫做溺，今人叫做尿；

本来同一字，声音少许变了。

并无雅俗可言，何必纷纷胡闹？

至于古人叫字，今人叫号；

古人悬梁，今人上吊；

古名虽未必佳，今名又何尝少妙？

至于古人乘舆，今人坐轿；

古人加冠束帻，今人但知戴帽；

若必叫帽作巾，叫轿作舆，

岂非张冠李戴，认虎作豹？

这样深入浅出、诙谐幽默地介绍古今文字知识，将文言文与白话文对照，确实妙趣横生。

中年胡适

胡适也写过政治白话诗。1937 年卢沟桥事变前后，蒋介石和汪精卫联名邀请全国各界名流学者到江西庐山开谈话会。7 月 11 日谈话会上，蒋、汪发言后，胡适慷慨激昂，发表了一通抗日救国演讲。在座的胡健中听后，即席赋诗一首：

> 溽暑匡庐盛会开，八方名士溯江来。
> 吾家博士真豪健，慷慨陈辞又一回！

言语中颇含戏谑之意。胡适也随手写了一首白话打油诗回赠：

> 哪有猫儿不叫春？哪有蝉儿不鸣夏？
> 哪有蛤蟆不夜鸣？哪有先生不说话？

四句反问，信手拈来，类比生动，饶有风趣。据说，后来《中央日报》登出这首诗，蒋介石看了，也忍俊不禁。看来胡适不仅幽默，而且有曹植七步成诗之才，更寓现代人争取"表达自由"的深意于其中——他的每一次书写，几乎都是形式与内容的高度统一。

当然，要数胡适流传最广的作品，恐怕还是这一首：

兰 花 草

我从山中来，带着兰花草。种在小园中，希望花开早。

一日看三回，看得花时过。兰花却依然，苞也无一个。

转眼秋天到，移兰入暖房。朝朝频顾惜，夜夜不相忘。

期待春花开，能将夙愿偿。满庭花簇簇，添得许多香。

这首《兰花草》，又名《希望》，清新、质朴、深情，对生命的期待与珍惜跃然纸上，而且朗朗上口。但每当哼起这支歌，在那优美的旋律中，人们眼前浮现的不是兰花草，而是胡适匆促而执着的身影。当年胡适学成归来，也带着一株"兰花草"——自由主义，他千里迢迢不辞辛苦把它带回来，种到中国的土地上，小心地呵护，殷切地期待它开出花来——何止是"一日望三回"啊！正因为胡适有这种急切的心情，当他看见这株迟迟不开的兰花，才一下子触景生情，萌发诗兴。给它取名为《希望》，也许是希望自由主义思想早日开遍中国吧。如今斯人已去，歌声在耳，想想胡适这株风雨飘摇近百年的"兰花草"，竟抹不去丝丝的惆怅。

一心想吹自由的风，一向想做清明的人，胡适以其一以贯之的文化诉求和文学主张，把自己也化为风云际会的背景之下一首传奇的诗。

二十、流云深处见宇宙

　　如果说李白、杜牧这些古代诗人点亮了池州，那么与池州对望的江北城市安庆，则要再等上许多年，靠现代诗人来点亮。

　　一代诗僧苏曼殊，曾来到安徽芜湖任教，但没多久就去了安庆，职业还是当老师，时间也是不长，他又离开了。苏曼殊离开芜湖的原因他没说，离开安庆的原因他倒是说了，因为在小城安庆的日子比较单调。他曾有书与柳亚子云："抵皖百无聊赖，无书可读，无花可观，日与桐兄剧谈斗室之中，或至'小蓬莱'吃烧卖三四只，然总不如'小花园'之饭八宝也。"

苏曼殊

　　苏曼殊离开安庆赴上海，岁末赴日本治病，东渡之前，他写了《东行别仲兄》一诗赠陈独秀："江城如画一倾杯，乍合仍离倍可哀。此去孤舟明月夜，排云谁与望楼台。"对在安庆任教和相聚做了个小结，对不能和挚友长伴表达出感伤。陈独秀也以《曼殊赴江户余适皖城写此志别》一诗作答："春申浦上离歌急，扬子江头春色长。此去凭君珍重看，海中又见几株桑。"

江城如画，激活了苏曼殊和陈独秀的眼神，也滋养着一位诗心懵懂的少年。

宗白华（1897—1986），中国现代诗人、哲学家、美学大师，代表作有《美学散步》等。他祖籍江苏常熟，出生于安庆的小南门，在安庆长至8岁后到南京上小学。

宗白华

长大后成为美学大师的宗白华有句名言："我们心中不可没有诗意、诗境，但却不必定要做诗。"诗意的境界属于诗意的心灵，而诗意的培养应如何做到呢？宗白华说他后来写诗，与幼年对山水风景的酷爱有关。

天空的白云和覆城桥畔的垂柳，是我孩心最亲密的伴侣。我喜欢一个人坐在水边石上看天上白云的变幻，心里浮着幼稚的幻想……我有一天私自就云的各样境界，分别汉代的云、唐代的云、抒情的云、戏剧的云等等，很想做一个"云谱"。（《我和诗》）

这是一个一辈子与云脱不了干系、过着"云上的日子"的人。他唯一出版的一本薄薄的诗集，就取名为《流云小诗》。

别看集子很薄，在中国现代诗歌史上却极为重要。这些诗第一次把古典诗情与现代的宇宙意识结合在一起，清丽、空灵、深邃，让人可以顺着典雅语词所铺设的阶梯，爬上云端，然后在星光照耀下，窥见了宇宙一角的奥秘。

我　们

我们并立在天河下。

人间已落沉睡里。

天上的双星

映在我们的两心里。

我们握着手，看着天，不语。

一个神秘的微颤，

经过我们的两心深处。

《我们》真短啊，短得像古代的绝句。但"一个神秘的微颤"之后，仿佛让人开了天眼，模模糊糊地悟到了此生的意义，渺小的个体与阔大的宇宙天河，短暂的生命与迅疾的时间长河，是多么不成比例，但只要有那一刹那的自觉，便能立于天河之下，停住时间之流。这是近现代西方哲学烛照之下才会有的自觉，是中西贯通的深厚学养所滋养出的一朵小花。

宗白华是现代中国杰出的哲学家、美学家与文学批评家，自然也是著名的学者、教育家与思想家。如果有谁要研究20世纪中国的美学，不可不谈到其《美学散步》与《艺境》等重要著作。自然，要谈及宗白华的文学成就与学术贡献，还要涉及他的哲学观念与教育思想，以及他对德国哲学、美学与文论的翻译与介绍等。就其一生的文学创作与学术研究而言，宗白华是一个具有思想家气质的诗人与学者：对于人生、自然与世界，往往有着自己的看法；对于中国古代与西方哲学和美学理论，往往也有着自己的创见。五四时期，由于普遍关心社会改革的风尚，这种风尚又导致诗人对探求世界观的重视，因而当时诸多诗人注重诗的精神内涵，哲理诗也就兴盛起来。泰戈尔小诗的输入，又替这股热潮增添了动力。

像冰心一样，宗白华也是以哲理小诗享誉诗坛的诗人之一，但他在诗艺与诗境上的讲究与追求，也许要超过冰心《繁星》与《春水》中那"零碎的思想"。

夜

一时间
觉得我的微躯
是一颗小星，
莹然万星里
随着星流。
一会儿
又觉着我的心
是一张明镜，
宇宙的万星
在里面灿着。

这首诗虽题名《夜》，但是它的深意不仅仅是写夜之景致，而是抒发一种天人合一的泛神论思想。在静静的夜空下，凝望在浩瀚的太空中闪闪发光的星群，诗人顿生一种崇敬的情意：星星看似渺小，然而无数的星星却能凝聚成恢宏的太空。此时，诗人悟出一个道理：尽管自己很是渺小，但是伟大是由无数渺小组成，所以渺小同时也是伟大。慢慢地，他觉得自己的微躯仿佛也变成了一颗小星，熔化在杜丽的星流之中。这一层意思表现了诗人归随宇宙的心愿，是"万物即我"的泛神论思想的体现。接着，诗人强调，由于归化宇宙，身心与万物融汇，精神便得到净化与升华；而一旦达到如此境界，诗人的心就同明镜一般，能容下宇宙星辰。那么，"我即万物"，最终达到"天人合一"的至高境界。

宗白华在与郭沫若、田汉的论诗通信中早就表示，他推崇泛神论，主张诗人要重视"人格"锻炼与内心的修养。泛神论当然有局限性，但它把个人的位置提高到"神"的地位，这适应五四时期反对专制、提倡个性解放的要求，而重视人格锻炼，这也正是历来启蒙运动的思想家所看重的。

从《我们》和《夜》这两首小诗可以看出，宗白华有意识地以哲理做诗的骨骼。他的诗不是即兴式的小幅描写，或霎时的内心情感变化的抒发，而是某种哲学思考的诗化。他曾说过："我认为将来最真确的哲学就是一首'宇宙诗'。"《夜》从某种意义上说，也是一首"宇宙诗"。同时，在形式上，他的诗也不同于以泰戈尔诗和俳句为样式的自由式短句。他说，他的诗受中国传统的七绝、小令的影响颇深，认为可以借鉴词曲的"意简而曲，词少而工"的长处，从这两首诗即可窥见诗人在这方面的尝试。

宗白华的诗论，也有着自己显著的特色。"诗人是人类的光和爱和热的鼓吹者"，他热烈歌颂唐诗里的"有力的民族诗歌"，高度赞扬初唐与中唐"慷慨的民族诗人"。他独独不喜欢晚唐诗坛，称它"实充满着颓废、堕落及不可救药的暮气"，说"大约晚唐诗人只知道留恋儿女柔情，歌咏鸳鸯蝴蝶，什么国家民族？什么民众疾苦？与他们漠不相关"！每个人对诗的喜好各有差异，这些观点现在看来也不无偏颇。但如果我们了解作者的写作年代——1935年，国家正处于怎样的危亡之际，那么对于他强烈的民族意识和爱国情怀，就不能不理解乃至肃然起敬了。

所以，他主张乐观的文学，因为向来只有乐观的精神，才能养成一个民族向前的勇气。而中华民族"老气横秋"，更需要乐观的、积极的文学。在诗的方面，则要求有光明颂爱的诗歌。他热情赞扬当时汪静之作的《蕙的风》，认为他"放情高唱少年天真的情感……使我这个数千里外的旅客，也鼓舞起来，高唱起来"。当时有人攻击《蕙的风》是堕落轻薄的作品，受到鲁迅的批判，而宗白华也表示了他的鲜明立场——对于真挚健康的情诗，他是毫不吝于赞美之词的。

生命的流

我生命的流
是海洋上的云波
永远的照进了海天的蔚蓝无尽。

145

我生命的流
是小河上的微波
永远的映着两岸的青山碧树。

我生命的流
是琴弦上的音波
永远的绕着那松间的秋星明月。

我生命的流
是她心泉上的情波
永远的萦着她那胸中的昼思夜潮。

　　宗白华对生命的理解充满了感悟式的诗情，在他的笔下，生命是流淌的，我们永远不能将生命定义。生命不必是博大，也不必是崇高，生命不过是自然的节律。它流淌过山川大河，带去辽阔的风声；它也流淌过林间溪流，任松间明月投下皎洁的一地银色。

　　当生命从子宫剥离，它就在走近死亡，生命或许短暂，偶尔也会出现些微的杂乱。不能说生命一定美好，也不能说生命一定含有伤痛，只能说它像一条河流，流在时间的钟里，有时涓细，有时辽阔。就像散步的人随手捡起的一颗石头，他说就作为散步的回念吧，生命本就如此。

　　是的，让我们跟着宗白华的《美学散步》，去哲学森林里徜徉；跟着《流云小诗》，在宇宙的怀抱里悠游……

146

二十一、生如夏花之绚烂

诗人是"空中飞人"般的职业，悲催而又足以令其骄傲的是，他要在两个领域玩"飞人"，一个是语言领域，另一个是生活领域。

朱湘正是如此大胆的"空中飞人"。在语言领域，他率先把古典的诗情玩出了现代的韵味与节奏，不仅启发了后世的余光中等诸人，而且现在的方文山之辈与他相比，实在只是小儿科而已。朱湘既吃透了中国古诗精华，又做出了富于个性的现代表达，他的根是深深扎在中国诗歌和中国文化土壤中的。就连"中国济慈"的雅号，也被诗人鄙夷为诗坛的崇洋之风，再三表示"我只是东方的一只小鸟"，"只想闻泰岳嵩间的白鹤"。

在新诗诞生初期，郭沫若、徐志摩、闻一多和朱湘堪称"四大天王"。有人曾形象地比喻说，郭沫若的诗如不羁的烈火，徐志摩的诗有若璀璨的宝石，朱湘好比无瑕的美玉，闻一多则是澎湃的江河。以郭沫若、徐志摩、闻一多三人的成就来说，世人就算不全了解，大都也有所耳闻，而知道朱湘的却是百无一人。对于这样一个将新诗从形式和内容与民族性、创造性完美结合的重要的诗人，生未能逢其时，死又不能传其名，何尝不是最大的悲哀呢？

朱湘（1904—1933），字子沅，安徽太湖县人，出生于湖南省沅陵县，当时父亲在湖南沅陵做官。他自幼天资聪颖，6 岁开始读书，7 岁学作文，11 岁入小学，13 岁就读于南京第四师范附属小学；1919 年，进入南京工业学校预科学习一年，受《新青年》的影响，开始赞同新文化运动；1920 年，入清华大学，参加清华文学社活动。

当时，朱湘是 20 世纪 20 年代清华园的四个学生诗人之一，与饶孟侃（字子理）、孙大雨（字子潜）和杨世恩（字子惠）并称为"清华四子"，后来与其他三子一起成为中国现代诗坛上的重要诗人。在校期间，他的艺术天分已经崭露出来，当时就是清华园的名人。

朱湘初期作品多收在诗集《夏天》（1925）中。作品《小河》等风格纤细清丽，技巧还较为稚嫩，1925 年以后，自觉追求新诗音韵格律的整饬，曾于 1926 年参与闻一多、徐志摩创办的《晨报副刊·诗镌》的工作，提倡格律诗运

朱 湘

动，并发表"我的读诗会"广告，努力实践诗歌音乐美的主张。他的第二部诗集《草莽集》（1927）形式工整，音调柔婉，风格清丽；《摇篮歌》《采莲曲》节奏轻缓、动听；他的著名长诗《王娇》，注意融汇中国古代词曲及民间鼓书弹词的长处。《草莽集》虽没有徐志摩那样横恣的天才，也没有闻一多那样深沉的风格，但技巧之熟练、表现之细腻、丰神之秀丽、气韵之娴雅，标志着朱湘诗歌创作的日趋成熟。

朱湘出国前后的创作较多接受外国诗歌的影响，对西方多种诗体进行了尝试。在后期，他多用西洋的诗体和格律来倾吐人生的感叹，其中《石门集》（1934）所收的 70 余首十四行体诗，被柳无忌称为是他诗集中"最有价值的一部分"。此外，在他其他作品中，还包含了回环调、巴俚曲、商籁体、散文诗、诗剧等等，这些都是外来形式，和前期诗歌的格调形成了鲜明的对照。

大致说来，朱湘的诗有三大特点。第一个特点就是摇曳多姿的音乐美学。他极力主张新诗是可以歌唱的，而他自己的创作也达到了这样的效果。

譬如他的《摇篮歌》："天上瞧不见一颗星星，地上瞧不见一盏红灯；什么声音也都听不到，只有蚯蚓在天井里吟；睡呀，宝宝，蚯蚓都停了声。一片白云天空上行，像是些小船飘过湖心，一刻儿起，一刻儿又沉，摇着船舱里安卧的人；睡呀，宝宝，你来跟那些云。"关于这首诗的感染力，同时代的女作家苏雪林回忆说："在某一个文艺会上我曾亲听作者诵此歌。其音节温柔飘忽，有说不出的甜美与和谐，你的灵魂在那弹簧似的音调上轻轻籁着摇着，也恍恍惚惚要飞入梦乡了。等他诵完之后，大家才从催眠状态中遽然醒来，甚有打呵欠者。其音节之魅人力可想而知。"

再如，朱湘的名篇《采莲曲》：

小船啊轻飘，
杨柳呀风里颠摇；
荷叶呀翠盖，
荷花呀人样娇娆。
日落，
微波，
金丝闪动过小河，
左行，
右撑，
莲舟上扬起歌声。

菡萏呀半开，
蜂蝶呀不许轻来；
绿水呀相伴，
清净呀不染尘埃。
溪涧，
采莲，
水珠滑走过荷钱。
拍紧，
拍轻，
桨声应答着歌声。

藕心呀丝长，
羞涩呀水底深藏；
不见呀蚕茧，
丝多呀蛹裹中央？
溪头，
采藕，
女郎要采又夷犹。
波沉，
波升，
波上抑扬着歌声。

莲蓬呀子多，
两岸呀榴树婆娑；
喜鹊呀喧噪，
榴花呀落上新罗。
溪中，
采莲，
耳鬓边晕着微红。
风定，
风生，
风飔荡漾着歌声。

升了呀月钩，
明了呀织女牵牛；
薄雾呀拂水，
凉风呀飘去莲舟。
花芳，
衣香，
消溶入一片苍茫；

时静，

时闻，

虚空里袅着歌音。

　　此诗很好地体现了闻一多提出的"三美"主张：语气词、短语、短句的巧妙使用，描绘出东方少女独有的卓越风姿，是为绘画美；"呀"字的反复使用，两字短语的并列，各节不同的韵脚，读来朗朗上口，是为音乐美；诗的各节整齐划一，节与节之间各部对称，五节就是五幅优美的水彩画，是为建筑美。而在这"三美"之中，音乐美最为突出。全曲音节宛转抑扬，诵之恍如置身莲渚之间：菡萏如火，绿波荡漾，无数妙龄女郎划小艇于花间，白衣与翠盖红裳相映，袅袅之歌声与咿呀之划桨声相间而为节奏。这种优美幽娴的古代东方式生活与情调，真令人无限神往。

《采莲曲》

　　当然，诗人所营造的音乐美不仅仅局限于童趣和阴柔，也时有阳刚之壮美。如《晓朝曲》用东阳韵，黄钟大吕，气象堂皇。试引末段："看哪！一轮红日已经升东，杏黄的旗旆在殿脊飘扬；在一万里的青天下荡漾，听哪！景阳楼撞动了洪钟！"

朱湘诗作的第二个特点是出神入化的"化古功夫"。古诗词的文辞、格调、意蕴，他都能随意取用而且安排妥帖。这一点直追北宋词人周邦彦。刘潜夫云："美成颇偷古句。"陈质斋云："美成词多用唐人诗语，檃栝入律，浑然天成。"而朱湘写落日"苍凉呀，大漠的落日，笔直的烟连着云，人死了战马悲鸣，北风起驱走着砂石"，化用了王维"大漠孤烟直，长河落日圆"、汉乐府"枭骑格斗死，怒马徘徊鸣"、岑参"轮台九月风夜吼，一川碎石大如斗，随风满地石乱走"，也达到了浑然天成的境地。

再如《热情》："我们发出流星的白羽箭，射死丑的蟾蜍，恶的天狗。我们挥彗星的箕帚扫除，拿南箕撮去一切污朽。我们把九个太阳都挂起……我们拿北斗酌天河的水……"使我们恍惚想到《楚辞九歌》中的"青云衣兮白霓裳，举长矢兮射天狼，操余弧兮反沦降，援北斗兮酌桂浆"，以及《诗经·小雅》"维南有箕，不可以簸扬；维北有斗，不可以挹酒浆"和卢仝《月蚀诗》。

《催妆曲》："画眉在杏枝上歌，画眉人不起是因何？远峰尖滴着新黛，正好蘸来描画双蛾……起呀！趁草际珠垂，春莺儿衔了额黄归。"像极了旧词的调子；《昭君出塞》："琵琶呀伴我的琵琶，记得当初被选入京华，常对着南天悲咤；那知道如今朝去远嫁，望昭阳又是天涯。"又有旧曲的影子。

且看朱湘的名篇《葬我》：

> 葬我在荷花池内，
> 耳边有水蚓拖声，
> 在绿荷叶的灯上，
> 萤火虫时暗时明——
>
> 葬我在马缨花下，
> 永作着芬芳的梦——
> 葬我在泰山之巅，
> 风声呜咽过孤松——

> 不然，就烧我成灰，
>
> 投入泛滥的春江，
>
> 与落花一同漂去，
>
> 无人知道的地方。

此诗表明了朱湘古典的基因，即主动接受和吸纳中国传统诗学的艺术表达方式，努力追寻传统诗歌缠绵悱恻的境界。荷塘的夜景，泰山的古松，还有让人联想起唐明皇杨贵妃的马嵬花，都是经典的中国特色意象，组合在一起，形成一波接一波的情感力量。

朱湘诗作的第三个特点是融会贯通的长诗创作。这方面的代表有《猫诰》与《王娇》。《王娇》见于明代稗官，《今古奇观》有《王娇鸾百年长恨》一则便是演这个故事。朱湘又把它化为长篇叙事诗，全诗共 7000 多字，原来故事的框架，由诗人的想象加以改变，不相干的情节删去，而人物心理方面则增加许多细致入微的描写，不但使几百年的"僵尸"复活，而且使它变为一个具有现代人灵性的亭亭美人了。如写王娇父亲鳏居时对亡妻的追念的几段：

时光真快，已到了梅雨期中：阴沉的毛雨飘拂着梧桐，一夜里青苔爬上了阶砌，卧房前整日的垂下帘栊。

稀疏的檐滴仿佛是秋声，忧愁随着春寒来袭老人，何况妻子在十年前亡去，今日里正逢着她的忌辰。

十年前正是这样的一天，在傍晚，蚯蚓嘶鸣庭院间，偶尔有凉风来撼窗槅，他们永别于暗淡的灯前。

他还历历记得那时的妻：一阵红潮上来，忽睁眼皮，接着喉咙里发响声，沉寂——颤摇的影子在墙上面移。

三十年的夫妻终得分开，在冷雨凄风里就此葬埋；爱随她埋起了，苦却没有，苦随了春寒依旧每年来。

这种描写是长诗必不可少的渲染法。《孔雀东南飞》本是长篇叙事诗，但叙事之中，时时杂以描写。首段写兰芝之貌及其才艺，临下堂时写其服饰，太守下聘时写其礼物之繁、从人之众。沈德潜云："长篇诗若平平叙去，惟恐无色泽，中间须点染华缛，五色陆离，使读者心目具眩。如篇中'新妇出门时，妾有绣罗襦'一段，太守择日后'青雀白鹄舫'一段是也。"朱湘将古诗的这种作法应用在新诗上，再加上他受到西洋文学的影响，所以在渲染和点缀上能够青出于蓝。如诗中春香引周生进房，王娇大怒，将丫头严加申斥。丫头回答的一段，也写得极其曲折传神："小姐，你已经忘记掉：那早晨我替你梳妆，你一边拿着铜镜照，一边瞧镜里的面庞。你问我，眼睛没有转，'春香，你瞧我该配谁？'我说'师爷，可惜穷点。'你红着脸，一语不回。一晚我从床上滚下，正摸着碰疼了的头，忽然听到你说梦话，别的不闻，只听说'周……'"。由《王娇》可以看出，朱湘的长诗创作，是对当时新诗融合中西方诗歌美学的一个有益探索。

说罢诗艺，再说人生。在生活领域，朱湘简直"玩"掉了自己的性命，他所走的每一步，都是一声声死亡的预警。清华、海归、教授……若干耀眼的光环，只因诗人的一时任性而纷纷远去，从而把自己一步步地逼到了生命的悬崖。

朱湘曾经慨叹过人生有三件大事："朋友、性、文章。"但由于他抑郁、孤傲、褊狭的性格，友情和爱情都成了镜中之花。最后留给朱湘短短29年人生历程的，就只有诗了。他在清华6年的学生生活，其实并不顺利，曾因记满三次大过而受到勒令退学的处分，1926年复学后又读了一年才毕业。但这并不意味着朱湘的学习成绩不好，他"中英文永远是超等上等，一切客观的道德藩篱如嫖赌烟酒向来没有犯越过，只因喜读文学书籍时常跷课以至只差半年即可游美的时候被学校开除掉了"。他在给清华文学社的顾一樵的信中说，他离校的原因是"向失望宣战。这种失望是多方面的"。他之不满意清华在于："人生是奋斗的，而清华只有钻分数；人生是变换的，而清华只有单调；人生是热辣辣的，而清华只是隔靴搔痒。"在清华时，朱湘对诗的钟情就到了全身心痴迷而无以复加的地步。后来赴美留学，为了诗更是全无顾恋，甚至连学位也不屑一顾，毅然决然提前回国。朱湘说："博士学位任何人经过努力都可拿到，但诗非朱湘不能写。"

朱湘到了海外，仿佛变得更加敏感。1927年，朱湘在美留学，只因教授读一篇把中国人比作猴子的文章而愤然离开劳伦斯大学。后朱湘转入芝加哥大学。然而在1929年春，朱湘却又因教授怀疑他借书未还，加之一美女不愿与其同桌而再次愤然离去。他丝毫不能容忍任何人对他的大不敬，他喻外国为"死牢"，强烈地维护着个人的尊严和祖国的尊严。

1929年9月，朱湘提前三年回国，被推荐到安徽大学任英文系主任，月薪300元。按说，也荣华富贵了，也被重用了，该心满意足了，该安于现状了，然而朱湘却又因校方把英文文学系改为英文学系而又一次愤然离去，并且大骂，教师出卖智力，小工子出卖力气，妓女出卖肉体，其实都是一回事：出卖自己！

从安徽大学离职后，向来清高的朱湘竟毫无生计，四处流浪。时人回忆，这位曾经穿着笔挺西服、神情傲慢的大学教授，一度住在黑暗狭小的码头饭店里，低声下气地问人借钱。而他一个未满周岁的儿子，因为没有奶吃，哭了7天后活活饿死。随即，夫妻也闹起了离婚。1933年12月5日，心力交瘁的诗人在去南京的渡轮上跳江自杀。

这是一个冬日的凌晨，事发时轮船将要驶入南京。据说，朱湘最后的时刻一边饮酒，一边吟诗。随身携带的两本书，一本是海涅的诗集，另一本是他自己的诗作。这个被鲁迅誉为

朱湘一家

"中国济慈"的诗人，死前早已没有才子的风貌，只剩下流浪汉的潦倒。那张三等舱的船票，是亲戚接济的；而那瓶酒，是妻子打工所得。

民国才子多短命，具体到诗人朱湘，他的悲剧是怎样造成的？对此，众说纷纭。余伟文认为，朱湘自杀"完全是受社会的逼迫"，"正是现代社会不能尊重文人的表现"。何家槐认为，混乱的社会"使他没有生活下去的勇气，使他不得不用自杀来解决内心的苦闷"。柳无忌认为，不为写文章，"也许子沉不会这样悲伤的绝命"。罗皑岚不明白，"朱湘虽不是见面向人问好的交际

大家，难道竟无一个朋友？"谢冰莹断定，朱湘自杀"是为穷！"梁实秋则认为，"朱先生的脾气似乎太孤高了一点，太怪僻了一点，所以和社会不能调谐"，"应由他自己的神经错乱负大部分责任，社会上冷酷负小部分责任。"看来，连朱湘的同学梁实秋也未必真正理解他"孤高的真情"。

朱湘在美国期间，给妻子刘霓君写了 90 封情书，每一封信都有编号。在这些情书中，他写谋生之艰辛、为钱所困的尴尬，更多的是如水的柔情，有日常生活的关照叮咛、夫妻间的体贴呵护。读之顿生暖意。朱湘去世后，他的好友罗念生将这一组情书编辑出版，名为《海外寄霓君》。新文学史上有四大情书经典，分别是鲁迅致许广平的《两地书》、徐志摩致陆小曼的《爱眉札记》、沈从文致张兆和的《湘行书简》和朱湘致刘霓君的《海外寄霓君》。

断 句

有许多话要藏在心底，
专等一个人……
等她一世都没有踪迹，
宁可不作声。

这是朱湘的一首情诗。我们可以想象的是，在遥远的天国，一定有诗歌的精魂在等着诗人。孤单的他，再不会落单。

二十二、动似火焰静似叶

　　20 世纪 20 年代是热烈的、热辣的，中国诗坛崇尚直接表达，于是，两位安徽青年走向了前台。蒋光慈就是一团火，是像安徒生所说，把自己的肋骨拆下来燃成火炬的人；而汪静之的名字中虽有一个"静"字，其实那看似娴静的叶面之下，也包裹着如火的热情。

　　蒋光慈，1901 年出生于安徽省金寨县白塔畈乡的一个小商人家庭。1917 年，蒋光慈在芜湖省立五中学习，受高语罕、刘希平等教师启迪，阅读了《新青年》《每周评论》等进步书刊，接受了新思想。但是，在读了苏联克鲁泡特金、巴枯宁等人著作后，他又产生了无政府主义思想，并与李宗邺、吴葆萼、胡苏明等同学组织无政府主义团体"安社"，编印社刊《自由之花》，抨击军阀统治，鼓吹无政府主义。

　　1919 年，五四运动开始，蒋光慈担任五中学会副会长，经常面对长江吟诵岳飞的《满江红》抒发豪

蒋光慈

157

情，将原名"蒋宣恒"先改为"蒋侠生"，又改名为"蒋侠僧"。他联络其他学校，组织示威游行，声援北京爱国学生运动，率领学生宣传抵制日货，参与义务教育。之所以芜湖学潮风起云涌，五中被誉为"芜湖的北大"，是与蒋光慈作为学生运动领袖的积极活动分不开的。

1920 年，蒋光慈由高语罕介绍去上海，成为上海外国语学社的首批学员，结识了陈独秀、陈望道等革命家，加入了上海社会主义青年团。1921 年，他与刘少奇、任弼时、萧劲光等被派往苏联莫斯科的东方劳动者共产主义大学学习，并两次见到了列宁。1924 年 1 月列宁病逝时，他专门写下了《哭列宁》的诗和散文，并在《新青年》上发表《列宁年谱》，是国内较早宣传列宁著作的人。

1924 年夏天，蒋光慈回国，任教于上海大学社会学系，倡导革命文学，先后在《新青年》季刊和《民国日报》上发表《无产阶级革命与文化》《现代中国社会与革命文学》等文章。1925 年，他出版了描述贫农少年经过曲折的道路参加革命的《少年飘泊者》等中长篇小说，发表革命文学的新诗《新梦》和歌颂五卅时期烈士的悼歌《在黑夜里——致刘华同志之灵》；1927 年春，完成了反映上海工人第三次武装起义的纪实小说《短裤党》，同年出版谴责帝国主义、封建主义，赞颂革命人民的诗集《哀中国》；1930 年 11 月，发表了描述贫苦农民开展斗争的《咆哮了的土地》，在中国现代文学史上有着重要的地位。

1928 年，他参与创办革命文学团体太阳社，任《太阳月刊》主编。由于他的作品大都展现现实社会重大群众斗争，屡遭国民党当局查禁，本人也被反动政府通缉。1929 年 8 月，他因患肺结核赴日本休养。同年 11 月回沪后，协助田汉开展进步戏剧活动。1930 年，他当选中国左翼作家联盟候补委员，负责主编左联机关刊物《拓荒者》。

在"左"倾错误思想统治时期，他对要"左联"成员参与飞行集会等冒险主义行为十分不满，认为革命文学作品将青年们的情绪鼓动起来，引导他们向革命路上走，很有意义。但当时"左"倾错误负责人认为文艺创作不算工作，到南京路上暴动才算工作。他经考虑后提出退党。1930 年 10 月被开除出党，但他依然坚持不懈地为党的革命事业而奋斗，抱病从事革命文学的创作。1931 年，蒋光慈因病逝世。
1957 年 2 月，安徽省民政部门追认
他为革命烈士。

蒋光慈是现代中国普罗诗派的
领军人物。普罗诗派是五四新诗中
热情歌颂革命的流派，它因"普罗
列塔利亚（Proletarian）文学"而
得名。歌颂十月革命，歌颂中国革
命，并把中国反帝反封建的革命和
无产阶级革命理想结合起来，是这
派诗作的重要主题。

例如《莫斯科吟》以描绘经
过十月革命洗礼的莫斯科的美丽
和壮观景象开篇，展开了对十月

《太阳月刊》

革命的歌赞。"十月革命，又如通天火柱一般，后面燃烧着过去的残物，前
面照耀着将来的新途径。哎！十月革命，我将我的心灵贡献给你罢，人类
因你出世而重生。"十月社会主义革命开创了人类历史的新纪元，而这一伟
大的历史功业又和列宁的名字紧密相连。因此，当 1924 年初列宁不幸逝世
时，诗人极度悲痛，写了《哭列宁》一诗，缅怀列宁的丰功伟绩。但诗中
仍不乏高昂的战斗激情、坚定的革命信念和继承列宁遗志高歌猛进的决心。
这些歌颂十月革命的诗篇，以悠扬激越的诗句第一次把"染着十月革命的
赤色"的雄风吹进中国诗坛，对五卅前夜的中国知识青年起到了很大的震
动和鼓舞作用。

蒋光慈的第一部诗集《新梦》可谓普罗诗派的开山之作，充满了澎湃的
革命激情。"高歌革命"是《新梦》的基调。

《新梦》不仅显示了蒋光慈对世界革命、对社会主义、对祖国和人民强烈
挚爱的思想基调，而且也初步展露了其诗歌创作的艺术风格：感情奔腾，气
势豪放，深沉的内在节奏和强烈的思想旋律融为一体，形成了一种富于时代
精神的冲击波。从郭沫若的《女神》到蒋光慈的《新梦》，显示了现代抒情

诗的发展正在孕育着从思想内容到艺术表现的新突破。

蒋光慈创作的第二个核心内容，是揭露帝国主义对中国的侵略，痛斥反动军阀的暴行，表达对祖国的真诚热爱。这部分诗作多分布在《哀中国》中，格调悲愤而深沉。《哀中国》是蒋光慈的第二部诗集，其中的诗篇为诗人1924年回国以后至1926年间所作。在帝国主义和封建军阀蹂躏下，祖国和人民蒙受的灾难，把诗人从对光明的向往唤回到严酷的现实中。以沉痛的笔触哀叹祖国"满眼都是悲景"的惨状，是这部诗集的情感基调。

哀 中 国

我的悲哀的中国！
我的悲哀的中国！
你怀拥着无限美丽的天然，
你的形象如何浩大而磅礴！
你身上排列着许多蜿蜒的江河，
你身上耸峙着许多郁秀的山岳。
但是现在啊，
江河只流着很呜咽的悲音，
山岳的颜色更惨淡而寥落！

满国中外邦的旗帜乱飞扬，
满国中外人的气焰好猖狂！
旅顺大连不是中国人的土地么？
可是久已做了外国人的军港；
法国花园不是中国人的土地么？
可是不准穿中服的人们游逛。
哎哟！中国人是奴隶啊！
为什么这般地自甘屈服？
为什么这般地萎靡颓唐？

满国中到处起烽烟，
满国中景象好凄惨！
恶魔的军阀只是互相攻打啊，
可怜小百姓的身家性命不值钱！
卑贱的政客只是图谋私利啊，
哪管什么葬送了这锦绣的河山？
朋友们，提起来我的心头寒，——
我的悲哀的中国啊！
你几时才跳出这黑暗之深渊？

东望望罢，那里是被压迫的高丽；
南望望罢，那里是受欺凌的印度；
哎哟！亡国之惨不堪重述啊！
我忧中国将沦于万劫而不复。
我愿跑到那昆仑之高巅，
做唤醒同胞迷梦之号呼；
我愿倾泻那东海之洪波，
洗一洗中华民族的懒骨。
我啊！我羞长此沉默以终古！

易水萧萧啊，壮士吞仇敌；
燕山巍巍啊，吓退匈奴夷；
回思往古不少轰烈事，
中华民族原有反抗力。
却不料而今全国无声息，
大家熙熙然甘愿为奴隶！
哎哟！我是中国人，
我为中国命运放悲歌，
我为中华民族三叹息。

> 寒风凛冽啊，吹我衣；
> 黄花低头啊，暗无语；
> 我今枉为一诗人，
> 不能保国当愧死！
> 拜伦曾为希腊羞，
> 我今更为中国泣。
> 哎哟！我的悲哀的中国啊！
> 我不相信你永沉沦于浩劫，
> 我不相信你无重兴之一日。

　　《哀中国》一诗，唱出了诗人愤慨的悲音，表达了强烈的忧思，震撼着当时人们的心灵。《血花的爆裂》《北京》《我要回到上海去》《血祭》等一系列诗篇，也同样表达了诗人对帝国主义和封建军阀的强烈憎恨和对祖国的热爱之情。尽管《哀中国》里的诗篇感情还过于直露，思想还带着矛盾，但比起《新梦》来，却显得深沉和坚实了。它继承了《新梦》的现实反抗精神，同时又以冷峻沉郁的思考代替了《新梦》的那种单纯热情的讴歌。较之《新梦》，《哀中国》的诗风也有变化：在革命浪漫主义气息中明显融进了革命现实主义的因素，悲怆的音调代替了欢快的旋律，愤怒的现实批判取代了美妙的理想追求。这一切，说明诗人与现实生活更贴近了。这种变化在蒋光慈稍后创作的自传体长诗《哭诉》（后改名为《写给母亲》）和《乡情集》中，又显出了新的波折和发展。

　　在通体直白的风格之下，蒋光慈也有令人心动的抒情断章，比如这首写给宋若瑜的小诗：

> 今夜月明如镜，
> 妹妹，我想起你：
> 倘若你在此地，
> 我将与你作缠绵之蜜语。
>
> 今夜月明如镜，

妹妹，我想起你：
倘若你在此地，
我将与你对嫦娥而密誓。

今夜月明如镜，
妹妹，我想起你：
倘若你在此地，
我将与你对花影而相倚。

今夜月明如镜，
妹妹，我想起你：
倘若你在此地，
我将与你赋永恋之歌曲。

　　60年后，另一个皖籍诗人海子，在德令哈写下"姐姐，今夜我不关心人类，我只想你"，虽然强调一个"只想"，情感并未因此而缩小，反倒写出了人类共通的情感。

　　如果说蒋光慈是"革命先锋"，那么汪静之大概要算"情歌王子"了。

　　1902年7月20日，汪静之出生于安徽绩溪余庄村，与胡适的家乡上庄是邻村。他是家中7个子女中唯一的男孩，备受宠爱，幼时即入私塾，接受传统教育。后他曾回忆说："我写诗是因为有古文功底，这与我小时念的十几年私塾是分不开的。"

　　在尚未出生之时，汪静之已被指腹为婚，女方名曹初菊（秋艳），迟约半年出生。据汪静之回忆，3岁时，他曾由母亲携带，前往岳父家拜见。然而1914年，12岁的曹初菊不幸病逝。

汪静之

163

　　曹初菊有位同年出生的姑母，名曹诚英（字佩声），依礼也是汪静之的长辈。两人是少时玩伴，两小无猜。约 15 岁时，汪静之曾写有七言情诗以寄曹诚英，曹以自己身为长辈为由婉拒。

　　1917 年，曹诚英奉父母之命，嫁与胡适的三哥胡昭万（冠英），婚后不久又考取杭州女子师范学校。此时就读于屯溪安徽茶务学校的汪静之，题诗曹诚英照片：

> 我看着你
> 你看着我
> 四个眼睛两条视线
> 整整对了半天
> 你也无语
> 我也无言
> ……

这首直抒胸臆的小诗，似乎奠定了汪静之日后情歌创作的基调。

　　1919 年夏，汪静之考取了浙江第一师范学校，也来到了杭州，与曹诚英同在一个城市读书。汪静之的到来，固然让曹诚英欣喜，但她也意识到了汪的动机。此后与汪静之见面时，曹诚英都邀请同学作陪，试图给汪静之牵线，更为他介绍了多位女同学，据说有 8 人之多，但因汪静之身材矮小，女方不中意而告吹。其后功夫不负有心人，在曹诚英的众多女同学中，汪静之终于选定了符竹因作为自己的追求对象。1924 年，汪静之与符竹因在武汉结为伉俪，携手 60 多年人生路。

符竹因

　　1922 年 4 月，汪静之与应修人、冯雪峰、潘谟华在西泠印社四照阁成立了

164

"湖畔诗社"，并出版诗集《湖畔》，题词："我们歌笑在湖畔，我们歌哭在湖畔。"朱自清曾评说道："中国缺少情诗……真正专心致志做情诗的，是'湖畔'的四个年轻人，他们那时候可以说生活在诗里。"

同年 8 月，汪静之诗集《蕙的风》经鲁迅修改后，由上海亚东图书馆出版。扉页上有周作人题签"放情地唱呵"，前有朱自清、胡适、刘延陵三人写的序言和作者的自序。朱自清称汪静之是"二十岁的一个活泼的小孩子"，胡适称之为"我的少年朋友"。《蕙的风》以清新笔调，直抒爱情的欣喜和苦闷，给人耳目一新之感，同时其大胆的抒情也招来非议，一时之间洛阳纸贵，短期内加印 4 次，声名仅次于胡适的《尝试集》和郭沫若的《女神》。

诗集中 40 多首描写少男少女坦诚恋爱的情诗，虽然笔墨偏于稚嫩，但"对于旧礼教好像投掷了一枚炸弹"（朱自清语），如在一首《送你去后》中，作者写道："好哥哥呵，我恋恋不舍的哥哥呵！你心爱的人儿要哭了，于今没有了一个心了。"在另一首《伊底眼》中，作者写道："伊底眼是解结的剪刀，不然，何以伊一瞧着我，我被镣铐的灵魂就自由了呢?"最著名也最受批评的是《过伊家门外》：

> 我冒犯了人们的指谪，
>
> 一步一回头地瞟我意中人；
>
> 我怎样欣慰而胆寒呵。

这样直白的抒情，在保守的人看来，近乎无耻，一时批评之声四起。1922 年 10 月 24 日，《时事新报·学灯》发表汪静之同乡、时为东南大学学生胡梦华的《读了〈蕙的风〉以后》，批评其中部分爱情诗"有不道德的嫌疑"，是"堕落轻薄"的。针对胡梦华的批评，10 月 30 日，章鸿熙在《民国日报》副刊《觉悟》发表《〈蕙的风〉与道德问题》，加以批驳。对于章鸿熙的反驳，胡梦华又于 11 月 3 日在《觉悟》上发表《悲哀的青年——答章鸿熙君》，以为回应，说他"对于悲哀的青年底不可思议的泪已盈眶了"。胡梦华的"含泪劝告"，更引起了鲁迅的反应，他写下了著名的《反对"含泪"的批评家》一文，以"风声"为笔名，发表于 11 月 17 日的《晨报副刊》，逐条反驳了胡梦华的观点。

经过这一番论战，20 岁的汪静之已成文坛新星。

恋爱底甜蜜

琴声恋着红叶，

亲了个永久甜蜜的嘴，

吻得红叶脸红羞怯。

他俩心心相许，

情愿做终身伴侣。

老树枝不肯让红叶

自由地嫁给琴声。

幸亏红叶不守教训，

终于脱离了树枝，

随着琴声的调子，

和琴声互相拥抱

蹁跹地乘着秋风，

飘上青天去舞蹈。

这样童话般的情诗的确甜腻，可能对于当时刚刚从封建束缚的缰绳中挣脱的人来说，这样的甜度却刚刚好。和蒋光慈一样，也是时势造就了汪静之。

若干年后的一次课堂上，有个学生问汪静之：《蕙的风》这书名的意义是怎样来的？诗人就坦然地说："蕙就是我从前追求的理想的爱人，我这部诗集就是为了她而写的。我写好了，书出版了，送了给她。谁知她正眼也不瞧一瞧，她嫌我穷，后来嫁给一个官僚去了。女人就是这么样愚蠢的。"

民国以来，诗人长寿的不多。朱湘 29 岁跳入冰冷的长江，徐志摩 36 岁折翼济南的上空，朱自清 50 岁病死内战的北平，穆旦 59 岁凄凉地躺在手术台上再没有看到 1978 年后的阳光。爆红于 20 世纪 20 年代新文化运动的情诗王子汪静之却是个例外，他竟能躲过 60 年的血雨腥风，在自己眷恋的杭州走到了公元 1996 年，高寿 95 岁。

这大约与徽州人的生存哲学有关。汪静之的父亲是位商人，在上庄开个店铺，从小灌输儿子的就是保命哲学"好好活着"。1922年湖畔诗社创立后，诗社里的诗友冯雪峰、潘漠华、应修人都投身革命，而汪静之却因胆小被冯雪峰劝阻："你从小娇生惯养，吃不起苦，万一被敌人抓住，恐怕会经不起严刑拷打，还不如远离革命，独善其身。"1928年至1936年，汪静之辗转于上海、南京、安庆、汕头、杭州、青岛一带，任中学国文教员，以及建设大学、安徽大学、暨南大学中文系教授。汪静之长于写诗，但三尺讲台似乎不是他的乐土，据曾任暨南初中部主任的曹聚仁回忆说："他教国文，实在糟得太不成话。一篇应该教一个星期的课文，他就在四十分钟教完了。无可奈何，他就说些文坛掌故来填补……我就当面对他说：'假如我是校长的话，决不请像你这样的诗人来教国文。你这样的教法，真是误人子弟！'"1942年，因经济困难，两月无肉，汪静之拒绝重庆川大教授约聘（因只能吃素），自己做酿酒生意。1945年，与人合伙开小饭馆，亲自跑堂。抗战胜利后，先后执教于徐州江苏学院、复旦大学中文系。1952年，汪静之进入人民文学出版社任编辑。1954年，因与顶头上司聂绀弩不和，改为特约编辑，停发工资。1965年，转入中国作协为专业作家，每月领取创作津贴120元。1966年后，他感觉风声不对，因胆小害怕，就从北京回到杭州，悄悄地在一所普通的民宅隐居下来。1996年，就在他离去这一年，他将写于60年前的诗体恋爱史编成一本《六美缘》（与6位女性），公开发表。

就这样，诗人始终是以教书为生，淡泊人生，终身与政治无缘。徽州人的胆小谨慎和幽默纯真伴随着他的一生，如老子所描述的无用之树，独自存活。

时间是一把剪刀

时间是一把剪刀，
生命是一匹锦绮；
一节一节地剪去，
等到剪完的时候，
把一堆破布付之一炬！

时间是一根铁鞭，
生命是一树繁花；
一朵一朵地击落，
等到击完的时候，
把满地残红踏入泥沙！

　　读着汪静之的这首小诗，再想起风起云涌的 20 世纪二三十年代所涌现出的那些文学前辈和诗歌先贤，怎么不让人感慨万端呢？

二十三、千古词心一线牵

中国古代最著名的女词人李清照，晚年在战乱颠沛流亡中，曾两度涉足池阳（今安徽池州）。

南宋建炎三年（1129）的早春二月，赵明诚刚刚接到调任湖州知州的诏令。这时，御营统制官王亦率京都御营军队驻扎江宁。王亦的官职虽低于直龙图阁、江宁知州兼江东经制副使赵明诚，但御营统治的军队直属朝廷，不归江宁府管辖。王亦利用赵明诚调任湖州的交接之机，在江宁谋变，以夜间纵火为号，起兵谋反。这事让江东转运副使、直徽猷阁李谟得知，李谟急向赵明诚报告。不料赵明诚认为自己已经调离江宁，此事与己无关。李谟见

李清照

赵明诚对这样十万火急的军情不予理睬，就果断地采取单独行动，组织平叛，使王亦阴谋失败，仓皇斫开南门逃跑。拂晓，李谟匆匆跑去向赵明诚通报平叛详情，哪知赵明诚与江宁府通判毋丘峰、观察推官汤允恭三位州府首长，竟在夜间趁兵乱之机，从城墙上吊下绳索，弃城逃命去了。这就是史称"缒

城宵遁"之劣迹。

三月，赵明诚以"弃守建康城"获罪，被罢官。这样，赵明诚江宁没法待了，湖州也去不成了！只得举家出走，暂避风头。朝中之事，由两个复官后的兄长出面走走关系，通通关节。于是，他与夫人李清照雇了一艘大船，载上从青州带来的 15 车大小几十箱珍贵古董文物，匆匆离开了建康。江南五月，初夏风和，万花似锦，鸟语花香。李清照一家乘船，从江宁溯江而上，行至乌江时，望着滔滔江水，看着项羽自刎处，李清照写下一首流传千古的五绝："生当作人杰，死亦为鬼雄。至今思项羽，不肯过江东。"以诗为心声，对赵明诚进行了辛辣的讽刺。很显然，对夫君的宵遁行径，李清照是相当不满意的。

接着，他们经当涂、芜湖到达山清水秀的池阳，受到池阳知州刘子羽一班人的迎接。当时，赵明诚在官场上很有名望，在金石学术上又名闻朝野；夫人李清照诗词卓然成家，"文章落纸，人争传之"，饮誉文坛；再加上这次举家来到池阳，满载珍贵文物，更是引人注目。于是，李清照夫妇的到来，一时轰动了古老的池阳城。

行 香 子

草际鸣蛩，惊落梧桐，正人间、天上愁浓。云阶月地，关锁千重。纵浮槎来，浮槎去，不相逢。

星桥鹊驾，经年才见，想离情、别恨难穷。牵牛织女，莫是离中。甚霎儿晴，霎儿雨，霎儿风。

这首词在《历代诗余》中题作"七夕"，有可能是建炎三年（1129）写于池阳的。赵明诚至池阳后又被任命为湖州知州，独赴建康应召。这对在离乱中相依为命的夫妻，又一次被迫分离。李清照暂住池阳，举目无亲，景况倍觉凄凉。转眼到了七月初七日，她想到天上的牛郎织女，今夜尚能聚首，而人间的恩爱夫妻，此刻却两地分离。浓重的离情绪，对时局的忧虑，二者交融在一起，铸就了这首凄婉动人的词作。

"草际鸣蛩，惊落梧桐，正人间、天上愁浓"，蟋蟀在草丛中幽凄地鸣叫

寻寻觅觅的李清照

着，梢头的梧桐叶子似被这蛩鸣之声所惊而飘摇落下，开首落笔即蒙上一层凄冷色彩。次二句，"云阶月地，关锁千重"，词人的笔触放得更开，叙说在云阶月地的星空中，牛郎和织女被千重关锁所阻隔，无从相会。末三句，"纵浮槎来，浮槎去，不相逢"，"浮槎"，传说中来往于海上和天河之间的木筏。词人在此继续展开其想象之笔，描述牛郎织女一年只有一度的短暂相会，其余时光则有如浩渺星河中的浮槎，游来荡去，终不得相会聚首。

"星桥鹊驾，经年才见，想离情、别恨难穷"，词作下阕首三句紧承上阕词脉，忧虑牛郎、织女别恨的难以穷尽。一个"想"字，道出了词人对牛郎、织女遭遇的同情，也表露了一种同病相怜的情怀。"牵牛织女，莫是离中"，这两句由想象回到现实。词人仰望星空，猜想此时乌鹊已将星桥搭起，可牛郎、织女莫不是仍未相聚，关注之情溢于言表。结句"甚霎儿晴，霎儿雨，霎儿风"，再看天气阴晴不定，忽风忽雨，该不是牛郎、织女的相会又受到阻碍了吧！"甚"字加以强调，突出了词人的担心与关切。

整首词作幻想与现实的结合，天上人间的遥相呼应，对意境的开拓和气氛的烘托，都起到重要作用，也展示了词人丰富的想象力和阔大的胸襟。此外，本词叠句的运用，口语化的特色，也都增加了作品的感染力。

数年后，李清照再次来到池阳，但这一次似乎更加凄凉。她自己在病中，又连续发生夫君暴亡、晚年再嫁、百日离异、九天牢狱的人生悲剧，让人扼腕叹息。

一代女词宗涉足安徽，似乎在冥冥之中，也点化了这块土地，此后的数百年间，又有两位生于斯或长于斯的女词人，以词为载体，写出了她们各自时代的理想与感伤、美丽与哀愁。

吕碧城

吕碧城（1883—1943），安徽旌德人，原名贤锡，字遁天、明因，后改字圣因，法号宝莲，别署兰清、信芳词侣、晓珠等。清代山西省学政吕凤岐三女。母名严士瑜，工诗善画、颇有才名。幼承家学，7 岁能作巨幅山水画，12 岁诗文俱已成篇。13 岁那年，她的家庭发生了重大的变故，父亲病逝，因无男嗣，家产悉数被恶族霸占，生活失去着落，最后只能随母亲离乡背井，投奔远方的舅家。童年悲惨的遭遇成为吕碧城终生难以抚平的创伤，从此萌发了她对封建专制的无比痛恨和对男女平权的无比渴望之情。

1903 年春，吕碧城任天津《大公报》编辑，不久任天津女子师范学校校长。1918 年赴美留学，就读于哥伦比亚大学，回国后在上海参加南社。与秋瑾为挚友，力倡女权运动，反对封建专制。所作诗词清丽明快，新意盎然，龙榆生称之为近 300 年名家词之"殿军"。通晓英、法、德三国文字，精研释典，大力弘扬佛旨，著有《晓珠词》（4 卷）及《欧美漫游录》《名学浅说》《文史纲要》《美利坚建国史纲》等。

作为清末民初最富传奇色彩的文学女性，吕碧城的横空出世其实并不是偶然的。有清一代，随着传统文学的发展和女学的兴起，中国女性文学创作已呈现出空前繁荣的局面。据胡文楷《历代妇女著作考》记载，中国前现代女作家凡 4000 余人，而明清两代就有 3750 余人，占中国古代女作家人数的 90% 以上，特别是清代女作家更多，约 3500 余家，正所谓"超轶前代，数逾三千"。自嘉庆至宣统百余年间，女子诗词专集层出不穷，仅著名选集就有《香咳集》《国朝闺阁诗抄》《随园女弟子诗选》《百家闺秀词》《闺秀词抄》等等，至于女作家私人刻书则数不胜数。这些女作家一反"女子无才便是德"的传统观念，理直气壮地提出："有志女子自当从经史子传取益，几见哲后、圣母、贤妻、淑媛有一不从经史子传中来者乎？"由于中国传统诗论与女学主张最为相近，加之封闭环境中的中国女性特别需要情感的抒发，因此诗词自然而然地成为她们首选的写作体裁。仅在吕碧城故乡前后左近，史籍记载的女性诗词作家，就有休宁汪蕴玉，歙州金若兰、何佩玉，泾川吴醉青、毕素梅，宣州毕幽兰，旌德刘素，太平崔巧云等等。生活在这样一个文学气氛浓郁的环境之中，身为书香门第女子，吕碧城及其姐妹具有相当的文学修养就是必然之事了。

吕碧城的诗词作品内容丰富，涉及闺怨、平权、参佛等多个方面。闺怨诗多作于早期，主要表现她早期客居外家时的闺怨愁思，伤感中透露出"不因清苦减芬芳"的气节。平权诗主要表现她呼吁男女平权的思想，展露了"深闺有愿作新民"的独立愿望。参佛诗主要表现她晚年主张和平护生的思想。吕碧城的诗歌艺术风格独特，拒绝模仿男性口吻，主张女性本色创作，强调真性情写作。女性文人天生的"女子气"，恰恰具有很强的创造力，呈现出强烈的女性独立意识。这种独立意识也是 20 世纪初期，处于动荡和变革社会中的女性寻求解放和谋求自立愿望的体现。

最先让吕碧城声名鹊起，为天下人所知的，是她的时政、平权题材的作品。

百字令·排云殿清慈禧后画像

排云深处，写婵娟一幅，翚衣耀羽，禁得兴亡千古恨，剑样英英眉妩。屏蔽边疆，京垓金币，纤手轻输去。游魂地下，羞逢汉雉唐鹉。

这首早年词作，表达了吕碧城鲜明的政治态度。讽刺最高当权者如此辛辣，展现了巾帼不让须眉的勇气。

满江红·感怀

晦暗神州，欣曙光一线遥射。问何人，女权高唱，若安达克？雪浪千寻悲业海，风潮廿纪看东亚。听青闺挥涕发狂言，君休讶。

幽与闲，长如夜。羁与绊，无休歇。叩帝阍不见，怀愤难泻。遍地离魂招未得，一腔热血无从洒。叹蛙居井底愿频违，情空惹。

这首词主要表现追求女性解放的强烈愿望和对法国女英雄安达克的景仰，充满了壮志豪情。

几乎所有的女词人都写闺阁幽情，如果说吕碧城有什么不同的话，那就是她努力将因"闲"而生的愁描述得更加美丽生动。

清平乐

冷红吟遍，梦绕芙蓉苑。银汉恹恹清更浅，风动云华微卷。

水边处处珠帘，月明时按歌弦。不是一声孤雁，秋声哪到人间。

浪淘沙

寒意透云帱，宝篆烟浮，夜深听雨小红楼。姹紫嫣红零落否？人替花愁。

临远怕凝眸，草腻波柔。隔帘咫尺是西洲。来日送春兼送别，花替人愁。

少年时代的不幸遭际，故土亲人的长相分离，也使吕碧城的人生感触较同时代其他女性更为深广，因此她的思乡之作也就别具特色。譬如《长相思》词中："山重重，水重重，水复山重恨不通，梦魂飞绕中。"又如《鹧鸪天》有句："百创心痕刻此生，巫阳难问旧哀情。云浮夏日虽多变，影铸奇峰不易平。"但是，吕碧城之所以能够在中国近现代文学史上留下自己的足迹，就在于她并不以此为满足。

在《吕碧城词笺注》中收录了孤云的一篇评论文章，通过将吕碧城与李清照进行对比分析，作者认为："碧城则生于海通之世，游屐及于瀛寰，以视易安，广狭不可同年而语，词中奇丽之观，皆非易安时代所能梦见。……此碧城环境、时代优于易安者，一也。易安之词，类皆闺襜之音，故'绿肥红瘦'、'人比黄花'之语，为千古绝唱。然咏叹低徊，不出思妇之外。至若碧城，则以灵慧之才，负担磊落之气，下笔为文章，……其英姿奇抱超轶不羁，散见于词句者，几于无处无之，……易安纯乎阴柔，碧城则兼有刚气，此碧城个性强于易安者，二也。"也许，孤云因过于欣赏吕碧城而贬抑了李清照的成就，但吕碧城不少词作确有一种时代赋予的英武之气，更多地展现了词人忧国忧民的情怀。譬如：

临 江 仙

横流滚滚吞吴越，风波谁定喧豗？畸人重见更无期。锦袍铁弩，千古想英姿。

九辩难招怜屈贾，幽魂空滞江湄。子胥终是不羁才。风雷激荡，天际自徘徊。

丑 奴 儿 慢

东横泰岱，谁向峰头立马？最愁见铜标光黯，翠岛云昏。一旅挥戈，秦关百二竟无人。从今以矣，羞看貂锦，怯浣胡尘。

鼎尚沸然，残膏未尽，腐鼠犹瞋。更绣幕，闲烧官烛，红照花魂。遍野哀鸿，但无余泪到营门。迎春椒颂，八方争说，草木同新。

此外，孤云还盛赞吕碧城那些异域风情的词作，"其在诸外邦纪游之作，尤为惊才绝艳，处处以国文风味出之，而其词境之新，为前所未有"。翻阅《吕碧城词笺注》，可见词人写阿尔卑斯山："浑沌乍启，风雷暗坼，横插天柱。骇翠排空窥碧海，直与狂澜争怒。光闪阴阳，云为潮汐，自成朝暮。"一派气势雄浑；写日内瓦湖畔盛开的樱花："一重一重摇远空。波影红，花影融，数也数也，数不尽，密朵繁丛。"又是一片花团锦簇。寄居异国他乡的岁月里，吕碧城以词这一中国传统文学样式，写遍巴黎铁塔、意大利罗马古城、伦敦堡、橡胶鞋、冰淇淋、自来水钢笔，以及火山、冰峦、湖海、花木……而在她之前，尚未有人以词的形式专门表现这方面的内容。

1916 年，在政治风波中失去了女师学校，也失去了对袁世凯政权所有希冀的吕碧城，从道学家陈撄宁问学，并有诗云："一著尘根百事哀，虚明有境任归来。万红旖旎春如海，自绝轻裾首不回。"流露了辞别俗界的意念。此后不久，她得以赴美留学，并诚心皈依佛门，且以佛家理念为宗旨，在国际动物保护工作中做出贡献。只一首《鹧鸪天》，可以让我们洞见早年的政治活动给她一生带来的难以平复的伤害：

> 百创心痕刻此生，巫阳难问旧哀情。云浮夏日虽多变，影铸奇峰不易平。
> 参贝叶，守禅经。只将因果付苍冥，复仇早舍春秋意，孤负龙泉夜夜鸣。

当吕碧城已经在文坛崭露头角的时候，另一位现代女词人丁宁才刚刚降生。她的人生轨迹几乎是吕碧城的"复刻"，也是在 13 岁那一年遭遇重大变故，也是在大半生颠沛流离之后一心向佛。与李清照、吕碧城两位前辈一样，丁宁尝尽了人生的愁苦，同时又将这些愁苦凝结成珍珠般的辞章。

丁宁（1902—1980），字怀枫，别号昙影楼主。原籍江苏镇江，幼年随父移居扬州。其父曾任银造局负责人（相当于江苏省银行总经理）。丁宁为庶出。生母生她后不久即去世，她由正房夫人抚养长大。13 岁时，其父去世。寡母孤女备受族人欺凌。丁宁自幼即由父母包办许配一黄姓子弟，16 岁结婚。她的丈夫是个浪荡公子，终日花天酒地，肆意虐待丁宁。婚后生一女，名文儿，不幸 4 岁即夭。丁宁既悲伤又绝望，于是提出离婚。她的嫡母请了家族中人，要她跪在亡父牌位前发誓不再嫁人，才允许

丁 宁

离婚。丁宁毅然同意，离婚时年仅 23 岁。此后，她与一些诗词朋友相处时，也曾遇到满意的人，但有誓约在先，不宜违背，因此一直单身。侍奉嫡母长斋念佛，"澄心依古佛，力学老青灯"。

丁宁的故乡在扬州，但她在合肥生活了 20 余年，可以说是半个安徽人。丁宁一生清贫孤寂，但始终保持尊严，为人善良正直。新中国成立后，她先在江苏省图书馆工作。到华东人民革命大学学习后，1953 年分配到安徽省图书馆工作，主要负责古籍的管理。其时，安徽省图书馆收藏古籍约 30 万册，她负责组织浩繁的整理、登记、编目工作，同时也进行古籍版本的鉴定。她工作兢兢业业，对安徽的古籍整理事业贡献甚多。"文革"之时，红卫兵冲到省图书馆古籍部，逼着丁宁交钥匙，要焚毁古书，丁宁坚决拒交。失去理智的狂徒用石块砸锁，她就跟跄地扑上去拉砸锁的人。为了救书，情急之下她把烧书的人引到她家，以自己珍藏多年的古籍为"牺牲品"，以达到丢卒保帅的目的。

1957 年 8 月，由丁宁自选、周子美个人出资油印的三卷本《还轩词》印成，共印 50 多本。它记录下了丁宁凄婉的身世、飘零的痛苦，就如她自己在序言中所说——"纸上呻吟，即当时血泪"。也正是这本小册子，后来引起了郭沫若的重视。郭沫若亲自致信丁宁，对其词作给予了"清冷彻骨，悱恻动人"的评价，并在路经合肥时特别造访了丁宁。词学家龙榆生、夏承焘、施蛰存等也对丁宁词给予高度赞扬，施蛰存曾于周子美处借得《还轩词》，如获至宝，立即手录一遍，对之推崇备至。《还轩词》后来由安徽文艺出版社出版。丁宁逝世后，越来越多的专家学者、诗词爱好者从她的《还轩词》中感受到了她那用血泪凝成的芳馨、用真情铸就的华章。丁宁也以她对现代词坛的特殊贡献，被文学评论家称为"20 世纪三大著名女词人之一"。

1988 年 3 月，安徽省图书馆为丁宁移墓扬州，丁宁终于叶落归根。

和一般女性作家以爱情为主题不同，爱情似乎不是丁宁词的表现对象。这当然跟丁宁的身世有关。早年在婚姻上受的致命伤，使得她一生都无法接近爱情。不仅婚姻不幸，仅有一女也幼岁而殇，词人悲痛欲绝，一生泣血不舍。《还轩词》第一卷《昙影集》，收录很多怀念爱女的诗。

临江仙·秋宵不寐忆文儿

心似三秋衰柳，情同五夜惊乌。柔肠已断泪难枯。愿教愁岁月，换取病工夫。

只道相寻有梦，那堪梦也生疏。西风凉沁一灯孤。魂牵还自解，分薄不如无。

魂牵梦萦，长夜难眠，柔肠寸断。词人林贞木评此词："读时令人回肠百转，不忍卒读，非慈母，非女词人有此遭际者不能道出如此沉痛之语。"

除了怀念爱女，词人还写下了大量自伤身世、感叹飘零的怀乡念故、伤春悲秋之词：

甘州·画菊

悄西风、将恨上毫端，枯香又吹醒。看烟鬟亚月，清姿浣露，小劫曾经。莫道融冰研粉，辛苦缀寒英。不是霜华冷，倩影谁凭。

一自东蓠秋老，便几番风雨，几度飘零。叹孤芳日暮，无复旧娉婷，待折取铜瓶深护，怕萧疏已失故园情。凄凉感，把悲秋泪，洒向丹青。

"风雨飘零""孤芳日暮"，故园何在，故人何觅？悲愁难消，一腔血泪，只有洒向丹青画卷。畸零人道畸零语，知音在哪里？慰藉在哪里？

词人生逢乱世，抗战时期，虽颠沛流离，仍写有不少爱国之词：

甘州·壬辰吴门重九

又西风，将梦过吴城，吟魂渺难收。似寒塘断影，翛翛暮雨，吹堕沧洲。我已无家可恋，莫再说归休。不尽飘零感，云水空流。

谁念衰杨身世，恰枝枝叶叶，一例惊秋。尽江山如绘，独客许淹留。待携酒、层峦纵目，奈夕阳无语下荒邱。重回首、问明年在，何处登楼。

西风暮雨，尽管"江山如绘"，怎奈"夕阳无语"，"吴门重九"，"何处登楼"？写尽了乱离人的悲苦无诉。家在哪里？国在哪里？人又在哪里？

人无可依，物却多情。丁宁很早就爱猫，养猫做伴以解孤寂。她养的猫三代同堂，外婆、姨娘、舅舅都有。她都为之各取了名字。她与猫同吃同睡，与猫同桌吃饭时，一猫一碟，各吃各的，互不侵犯。她养的猫特别有灵性，除"四害"时，猫捉得老鼠先交她剪去尾巴再吃，以使主人上交尾巴让单位统计灭鼠数字。丁宁在生活困难时吃莴笋叶，猫也跟着吃，还不时到逍遥津公园用尾巴诱捕鱼衔回来给丁宁吃，真是罕见的"义猫"。她视猫如子女，猫日夜与她相依。据说，其晚年得病，乃受猫体细菌传染，为一种叫作"波浪热"的难治之症。丁宁还写有爱猫词，十分其趣：

浣溪沙·爱猫黑宝

耄耋依稀似画图，随裾绕膝不须呼，牡丹午荫胜蓬壶。

不独称儿还道老，允堪为将莫云奴。赖他勤护五车书。

丁宁的词，至情至性，不仅透露出深厚的古典文学功底，还时常以出人意表的想象和构思给读者带来陌生化的审美体验。意象是普通的、寻常的，但表达的意思是丰富的、新异的。不必刻意搜寻，那些绝美的句子便如万斛泉水汩汩而来："东风乍醒，轻寒又凝"，一"醒"一"凝"，乍暖还寒的初春，被词人表现得如此活泼；"清露凝香萦蝶梦，嫩寒和雨涩莺声"，有形的，

八大山人画作《猫图》

无形的，有声的，无声的，婉转的，青涩的，交织在一起，织成一个复调的早春的梦；"寂寥春似梦，迢递夜如年"，三春如梦，长夜如年，是季节的感触，亦是生命的感伤；"愔愔黯绿侵晨雨，落落高梧昨夜风"，风雨伴随着每一段的人生旅程，能够感受风雨的人，才会有真正的诗；"愁堪破寂何须遣，梦可还家不易成"，不管经历多少风雨，仍然是有愁有梦，倘若无愁无梦，便再也没有诗了。

忧苦是丁宁的词的基调，这种忧苦是发自内心的、无处不在的，又是深沉的、含蓄的。"不将繁梦扰幽怀"，"翠簟凉于水，幽怀沁若冰"，"幽怀一似寒芦絮"，"陈梦漾如潮，幽怀卷似蕉"，"南檐尽使如春暖，难解幽怀一片冰"。一片幽怀，或如冰雪难解，或如芦絮零落，或如蕉叶舒卷，是不被理解的，更是在艰难困苦之中的自我救赎与灵魂的贞守。但是，丁宁的词作里并非没有快乐。相反，以愁苦为背景的快乐就像黯淡幕布上的一朵小花，更能打动人心。

故乡，便是丁宁的词中一抹温暖的亮色。"年时好，芳序最关情。困柳轻阴寒上巳，催花疏雨湿清明。家住绿杨城。""年时好，浑不解愁侵。笑煞枣花贪结子，怪他栀子惯同心。弹指便而今。""吾乡好，记得岁寒天。出水银鲕银让色，含浆雪蛤雪输鲜。小饮富春园。"童年的欢乐跃然纸上，和故乡的风景连在一起，成为一生中永远的回味。这回味，是如此醇厚，如此深长。当然还有友情的温馨。"记得相逢，记得看双星。记得曲阑干畔，笑语扑流萤。"一幅寻常的画面也是一个感人的人生场景。

"天寒袖薄平生惯，一点冰心抵万金。"这是做人的境界，也是丁宁词的境界。明末的著名文人张岱平生最为推崇"冰雪之气"，这种冰雪之气正是丁宁和她的词所具有的。

身世浮沉雨打萍，简朴清寒度此生。丁宁临终时，作一副自挽联，上联是："无书卷气，有燕赵风。词笔谨严，可使漱玉倾心，幽栖俯首。"下联是："擅技击谈，攻流略学。门庭寥落，唯有猫奴作伴，蠹简相依。"此联不失豪侠与自负，扫尽前愁，亦可见其本真。

这让人联想到南宋那个七夕之夜李清照写作时的清冷，同样的清冷，掠过历史，掀起一阵前后相距千年而又环环相扣的波澜。

二十四、田间激荡擂鼓声

　　抗日战争爆发后，中国的众多诗人、作家，先后投身于这场伟大的反侵略战争。被闻一多称为"擂鼓诗人"的田间（1916—1985），就是其中的杰出代表。田间创作的抗战诗歌如同"一声声的鼓点，不只鼓的声律，还有鼓的情绪"，成为抗战文学的经典。

　　田间原名童天鉴，安徽无为县人。1934 年，在上海加入"左联"，抗战爆发后积极投身抗日斗争。1938 年，他随丁玲领导的西北战地服务团赴延安，加入了中国共产党。年底，田间从延安来到晋察冀抗日根据地，在他挚爱的晋察冀生活战斗了 10 个春秋，直至全国解放。抗日战争时期，田间曾任战地记者、边区参议员、根据地边区文学艺术者协会副主任。新中国成立后，他先后任全国文联研究室主任、中央文学研究所秘书长和中国作家协会文学讲习所主任、《诗刊》编委和河北省文联主席等职位。

　　田间的夫人、作家葛文说：在中国人民伟大的抗日战争中，田间没有一天离开过抗战第一线，没有离开过与敌人拼杀的战场！他是一位"一手拿枪，一手拿笔"的杰出的抗日斗士。在八年的抗日浴血战场上，田间在晋察冀的战火硝烟中写下了成千上万行抗战诗句。这些诗句成为唤起民众打击敌人的有力武器。他的短诗像投枪匕首，他的长诗像战斗进行曲和历史纪录片。他在丁玲领导的"西战团"当过战士，他在聂荣臻麾下当过新华社记者，他在邓拓手下当过编辑，他在寿阳县委当过代理书记，他在雁北地委当过宣传部长……他在急行军的跋山涉水中吟诗，他把诗当作生命，当作武器，无时无

刻不在写诗。他像爱护贺龙赠给他的小
手枪一样爱惜自己的诗，他像爱护贺龙
赠送他的那件军大衣一样爱惜自己的
诗。他的诗写在墙壁上，他的诗贴在枪
杆上，他的诗像火焰燃烧在人们的
心中！

　　田间不但身着八路军军装，头戴八
路军帽，有时为了便于工作，还常常穿
一身老百姓衣裳，夏日罩一块白羊肚子
毛巾，冬天就是一顶毡帽头了。有一
次，他深夜走进山庄的一个独门小户，
住在光棍"掌鞋人"家中，但发现这
个家伙形迹可疑。于是田间背上行装及
腰间手枪动也未动，只是靠在炕头灶台
边打个盹儿（因为长途跋涉实在困极

抗战时期的田间

了）。天刚放亮，他就跨出院门走上弯曲的山路，而就在此时，恰巧与进村搜
查的鬼子撞了个满怀，幸好这天早上有大雾，敌人没有瞅清楚，他才滑入深
沟逃脱险境。后来，他对葛文说："那个掌鞋的，原来是敌人安进村子的'盯
子'啊！"

　　在整个抗日战争中，田间以笔代枪，向敌人射出一粒粒复仇的子弹，是
匕首，是投枪，也是手榴弹。他1935年出版了第一本反映人民在日寇铁蹄下
苦难生活的诗集《未名集》；1936年出版反映东北义勇军抗日斗争的《中国
牧歌》，和以红军长征为背景、讴歌农民反抗斗争的《中国农村的故事》；
1938年创作反映抗战的《呈在大风砂里奔走的岗位们》。田间一气呵成的长
诗《给战斗者》，1937年在胡风主编的《七月》杂志上发表，即刻震撼当时
整个抗战文坛。这是他最优秀的政治抒情诗。富于战斗性和现实性依然是他
这部长诗的思想特色，而艺术特色则是诗句短促、节奏强劲、语言质朴、铿
锵有力，全诗跌宕有致。他的名句"在诗篇上/战士底坟场/会比奴隶底国家/
要温暖/要明亮"迄今被人传唱，鼓舞中华民族永远立于不败之地，不向任何

侵略者低下高昂的头颅！当时，闻一多先生阅后，便形象地称田间为"时代的鼓手"。此外，田间还著有叙事长诗《亲爱的土地》《名将录》《她也要杀人》《子弟兵的母亲戎冠秀》《赶车传》等。

田间最具时代性的作品是他脍炙人口的街头诗歌，如《假使我们不去打仗》《义勇军》《坚壁》等。1938年，田间在延安与柯仲平等发起"街头诗"运动。在《给战斗者》（人民文学出版社，1978年版）的末页中，田间这样回忆延安的"街头诗"运动："1938年8月7日，延安城内，大街小巷，墙头和城墙上，张贴起一首一首的街头诗。大街的中心，悬挂着九幅红布，红布上面，也是写着街头诗……当时延安的诗人们，就以这一天叫作'街头诗歌运动日'。"

"街头诗"这种表现形式是中国抗战的时代产物，以其简短有力、朗朗上口的特点而得到流传，激发了延安和根据地群众的抗战激情，鼓舞了人们的抗战斗志。1956年7月1日，田间应邀参加在中南海举行的中国共产党成立35周年大会，毛泽东主席与田间亲切交谈。在谈到抗战时期延安的"街头诗运动"时，毛主席说，"你们搞的'街头诗运动'影响很大，各解放区都写'街头诗'，对革命起了很大作用，文艺配合革命是我们的光荣传统……"

新中国成立后，田间诗作题材广泛，大体可分为表现朝鲜战争和海防前线、国际友谊、少数民族生活、农村生活等四类，先后出版有《抗战诗抄》《一杆红旗》《誓辞》《田间短诗选》《非洲游记》等。长篇叙事诗《赶车传》是田间这一时期的代表作，通过贫农石不烂寻找乐园的过程，描绘了中国农民在中国共产党领导下进行革命斗争的艰苦历程。这部诗的艺术特点是，结构灵活，除第一、七部外，其余五部皆以五个人名为题，每一部以一个人物为中心，独立成章，这样便于对每个主人公的内心世界进行刻画。句法采用六言和七言三拍的格式，明快严谨，朗朗上口。在叙事主人公之外，诗人还塑造了一个抒情主人公，让他在每部诗中或咏怀，或议论，或谴责，以增强叙事诗的抒情效果。

田间的诗形式多样，信天游、新格律体、自由体都有尝试。在新诗的民族化、大众化方面，他做过一些探索，以平朴的描述和激昂的呼唤形成了明快质朴的风格。

很少有什么世俗的芜杂之事能够干扰田间的创作。中年之后的他，生活很有规律，少有社交和应酬。他的生活简单得让人难以置信：每天早晨到食堂买一盆粥，早晨喝一半，留到晚上再把另一半热一热，买点食堂的菜和馒头，就算是一顿饭了，几乎从未出去和别人到饭店里吃过一次饭。对于俗常的事情，诸如人际关系之类，他处理起来很不顺畅，每天基本上就是在自己的房间里读书、写诗、写字。田间身上有一种独特的诗人气质，刚毅内敛，特立独行，即使在 20 世纪 70 年代那样的政治环境下，他也将大量时间用于写诗，心无旁骛。

1958 年诗人在怀来县农村播种

田间的夫人回忆说：1985 年 6 月，一位边防战士来信，就是发现了田间的诗，信中装一枚邮票，请他签名寄回。这是田间最后一次书写自己的名字，留给他一生最爱的人。病危中，诗友丁力将自己保存的一份 1948 年的《南京日报》寄给他看。新中国成立前，《南京日报》的副刊《燕园》上有一位署名慰民的短诗《怀念》，是这样写的："黑夜/怀念着黎明/雨天/怀念着太阳/混乱的日子里，我呵/怀念着你——擂鼓的诗人。"

在今天这样的和平年代，我们不妨再重温田间擂鼓般的两首短章：

假使我们不去打仗

假使我们不去打仗
敌人用刺刀
杀死了我们，
还要用手指着我们骨头说：
"看，
这是奴隶！"

《假使我们不去打仗》

自由，向我们来了

悲哀的
种族，
我们必需战争呵！
九月的窗外，
亚细亚的
田野上，
自由呵——
从血的那边，

从兄弟尸骸的那边，
向我们来了，
像暴风雨，
像海燕。

在当时，这些诗是解放区人民内心的一种力量，它的热度一直持续至今，在今天，它仍然应该是我们心中的一种力量。鼓点，在民族的血脉深处继续敲响……

二十五、现代风雅数公刘

    诗人公刘在 2003 年新的一年第七天走完了自己 76 个春秋的生命历程。他的遗言质质朴朴、明明了了："唯愿平平常常地来，安安静静地去。"叮嘱的是丧事从简，有至亲好友相送即可，不另印发讣告，亦不开追悼会，不举行遗体告别仪式，恳辞各方花圈、花篮。这就是公刘——一个连死也不愿张扬的人。

    而他的诗却是张扬的，那是一种尽情与时代共舞的张扬。古之风雅颂，是高度地与时代合拍的；而笔名取自《诗经》的公刘，自然把这种时代精神刻写在自己的骨骼里。他是一个紧追着时代的人，忠实地记录了他的那个时代；同时，他又是一个不断反省与反思的人，从而一次次地超越着自己的局限和时代的局限。

    就艺术特色而言，公刘的诗歌创作既力求继承中国古典诗歌的精华，也注意吸收外国优秀诗歌的长处。他的早期作品表现革命乐观主义的精神，热烈直白。新时期以来的作品则风格沉郁，对历史和现实的感悟富有哲理，对发生在中华大地上的悲欢沉浮进行严峻的反思，感觉敏锐，意象深邃。

    公刘（1927—2003），原名刘仁勇，又名刘耿直，江西南昌人。1939 年，开始写诗。1946 年，半工半读于中正大学法学院，并投身学生运动。1948 年年初，流亡上海，旋赴香港参加中国共产党领导的全国学生联合会宣传部工作。广州解放后参加人民解放军，随部队进军大西南。西南边疆的生活体验给了他创作的灵感。1954 年，加入中国作家协会，并出版了他的第一部诗集

《边地短歌》。1955 年，《人民文学》连续发表了他表现边疆战士生活的三个组诗：《佤佤山组诗》《西双版纳组诗》《西盟的早晨》。这些作品使他成为西南边疆诗人中最早获得较高评价的一位。同时，他参加了民间长诗《阿诗玛》（与黄铁、杨智勇、刘绮共同整理）的收集、整理工作；又以民间传说和歌谣为基础，写作了长诗《望夫云》。此后，他又出版了《神圣的岗位》（1955）、《黎明的城》（1956）。

公 刘

生活在那个火红的年代，公刘的激情和理想，在诗行中翩翩起舞，成为优秀的时代讴歌者。

西盟的早晨

我推开窗子，
一朵云飞进来——
带着深谷底层的寒气，
带着难以捉摸的旭日的光彩。

> 在哨兵的枪刺上
> 凝结着昨夜的白霜，
> 军号以激昂的高音，
> 指挥着群山每天最初的合唱……
>
> 早安，边疆！
> 早安，西盟！
> 带枪的人都站立在岗位上
> 迎接美好生活中的又一个早晨……

在这首诗里，诗人把平凡的边防战士的生活，写得迷幻而绮丽，寓豪放超迈的情致于新鲜柔美之中。诗人已经不满足于他过去《边地短歌》那种如实描写对象的诗的格局了。他已有富余的能力使平凡焕发异彩，从平淡中显出神奇。整个西盟山上的特殊风光，他只用飞进窗子的云、只用它的寒气未消而又通体披着梦幻的光，来为西盟的早晨造型。诗人的彩笔，把梦幻般的云朵变成了浮雕，永留于读者的脑际。尤其值得注意的是，这首《西盟的早晨》体现出来的那种飘逸和洒脱的气质，那种植根于现实生活而又超凡脱俗的气韵，在当时热衷于模拟现实的艺术风气中，无异于是一个"另类"。正如诗人自己所承认的，当年人们之所以喜欢这类作品，仅仅是因为"那一层生活的彩釉和泥土的本色"（《在学习写诗的道路上》）。有泥土的本色，又有生活的彩釉，于是，这来自大地的土坯便发出了神奇的光彩。

公刘的诗有着鲜明的个性特色。首先，他的诗意象奇特，想象丰富。他善于捕捉生活场景中的特殊细节，带有生动性、具体性，如他的代表作《上海夜歌（一）》：

> 上海关。钟楼。时针和分针
> 像一把巨剪，
> 一圈，又一圈，
> 铰碎了白天。

> 夜色从二十四层高楼上挂下来，
> 如同一幅垂帘，
> 上海立即打开她的百宝箱，
> 到处珠光闪闪。
>
> 灯的峡谷，灯的河流，灯的山，
> 六百万人民写下了壮丽的诗篇：
> 纵横的街道是诗行，
> 灯是标点。

全诗仅 12 行，诗人便精确地捕捉到富有新上海特征的具体形象：入夜后，上海高耸的钟楼，长长的街道，穿梭的车辆，"到处珠光闪闪"，富有立体感地概括了上海夜晚动人的景色。

公刘的诗构思奇巧，善于从一个极其平常的生活场面出发，由实到虚，由感性描绘升华为一种明晰的思想和社会意义，典型的如《五月一日的夜晚》：

> 天安门前，焰火像一千只孔雀开屏，
> 空中是朵朵云烟，地上是人海灯山
> …………
>
> 羡慕吧，生活多么好，多么令人爱恋，
> 为了享受这一夜，我们战斗了一生。

诗人通过酣畅流利的笔触把生活实景升华为一种崇高的精神信仰，这和时代的诗歌观和审美观高度合拍。关于《五月一日的夜晚》，还有一段"一字之师"的佳话。1955 年诗写成后，公刘将它寄给了《人民文学》杂志。当时在《人民文学》做编辑工作的诗人吕剑读到这首思想凝重、优美隽永的短诗，颇为赞赏，但又觉得诗的第二节的第二句不尽如人意。几经推敲，吕剑删掉了原稿中"跳舞"的"跳"字，于是这句诗成了"中国在笑！中国在舞！中国在狂欢！"此诗发表后，受到交口称赞，引起强烈反响。公刘对这一改动也颇为赞同，认为去掉那个"跳"字，无论从诗的韵律节奏上还是表现力上，都比原稿更胜一筹。从此，诗人公刘便尊吕剑为"一字之师"。

夜半车过黄河

夜半车过黄河，黄河已经睡着，
透过朦胧的夜雾，我俯视那滚滚浊波，
哦，黄河，我们固执而暴躁的父亲，
快改一改你的脾气吧，你应该慈祥而谦和！
哎，我真想把你摇醒，我真想对你劝说：
你应该有一双充满智慧的明亮的眸子呀，
至少，你也应该有一双聪明的耳朵，
你听听，三门峡工地上，钻探机在为谁唱歌？

这首诗写于 1955 年 5 月 27 日深夜。改造河山，人定胜天！能把工业大建设写得这么优美，大概也只有公刘了。不仅是政策的传声筒，而且是一位传递着美学的使者——这美，是宏大的，还带着一点点神秘与温情。

然而，从 1957 年开始，公刘交了 20 年的厄运，受到了极不公正的待遇。"文革"后，公刘来到安徽工作，积极参与安徽的文化建设，扶持安徽青年诗人，与著名作家鲁彦周一起被誉为安徽文学的"双子星座"，为安徽省的文学事业发展做出了突出的贡献。同时，公刘对外省与全国各地诗人、作者的诗歌创作也十分关心。1992 年 2

公刘画像（石鲁绘）

月，在右眼失明、左眼戴镜视力仅剩 0.4 的情况下，公刘仍为陈运和诗集《柳絮，飘飘洒洒》作序《几句大实话》，且发表于同年第 11 期《随笔》上，转载于《新华文摘》。20 世纪 90 年代初，诗坛泰斗艾青有一次谈话说，中国什么行当里都有真假"李逵",公刘是诗歌界中的真"李逵",是个真正的天才。艾青由衷地赞美公刘的诗,养病时还读公刘的诗。公刘去世后,邵燕祥于 2003 年 1 月 15 日在《文汇报》刊出悼念文章《忆公刘》。邵燕祥着重指出,在七八十年代之交,公刘的诗如久久深潜的地火冒出地面,火山爆发的岩浆滚滚奔流,他写的《上访者及其家族》《从刑场归来》《车过山海关》等,或写民间疾苦,或评是非功过,呼天抢地,椎心泣血,回肠荡气,振聋发聩,以诗人的全生命、全意识追问历史,震撼读者的灵魂。

公刘把他的反思灌注在诗里,有的诗是直抒胸臆,喷薄而出:

伤 口

我是中国的伤口,
我认得那把匕首;
舔着伤口的是人,
制造伤口的是兽!

我还没有愈合呢,
碰一碰就鲜血直流;
我是中国的血,
不是你们的酒!

有的则是构思巧妙,意味深长:

雪 景

好一场大雪!四野生辉!
连垃圾都变成了纯洁的一堆!

妈妈警告着:听话!小鬼!
不许你用脏鞋底破坏了它的完美!

孩子默默，对着窗玻璃哈气，

还用手指头画一个……愚顽的妇女。

有的采用象征手法，蕴含深刻的历史反思和对未来的高度警诫：

哎，大森林！

哎，大森林！我爱你，绿色的海！

为何你喧嚣的波浪总是将沉默的止水覆盖？

总是不停地不停地洗刷！

总是匆忙地匆忙地掩埋！

难道这就是海？！这就是我之所爱？！

哺育希望的摇篮哟，封闭记忆的棺材！

分明是富有弹性的枝条呀，

分明是饱含养份的叶脉！

一旦竟也会竟也会枯朽？

一旦竟也会竟也会腐败？

我痛苦，因为我渴望了解，

我痛苦，因为我终于明白——

海底有声音说：这儿明天肯定要化作尘埃，

假如，今天啄木鸟还拒绝飞来。

《诗刊》副主编李小雨说，她父亲李瑛曾对她说，要学写诗，一定要看公刘的作品，自己也正是读着公刘的诗起步的。公刘的诗有血的热度，让人深切地感受到知识分子的良知。公刘的痛苦也不是他个人的痛苦，而是和国家的命运、民族的命运连在一起的。

二十六、面朝大海春花开

安徽自古出诗人，也吸引诗人。状物写景，借景抒情，寓情于景，缪斯的光芒一直照耀着这片土地。出自安徽的歌词诗赋，宛如浩浩荡荡的江河，奔腾流淌，最终归于中国整个文学的海洋。

从"三曹"到"竹林七贤"，从《孔雀东南飞》到《木兰辞》，从谢朓到李白，从姜夔到张孝祥，从胡适到朱湘……安徽，或是造化有幸，成为众多千古绝唱的滥觞之地。江山代有才人出，各领风骚感古今。

这本《诗词安徽》以人物为经线，以作品为纬线，串联起安徽诗歌地图，力求赏诗词之妙，述故事之趣，传人物之神。

现在，我们已经到了这张诗歌地图的最后一站——海子。关于海子的诗歌成就，一个最直接的表述恐怕是：

我们只有一个海子，而且我们再也不会有这样一个海子了。

在中国古代，人们通常将先知尊称为"子"，老子、孔子、孟子、庄子，给人们留下的都是中年乃至老年的形象。海子的名字中也有一个"子"，但考虑到他如此年轻，似乎还是将他称为"中国诗心的转世灵童"更为恰当。那一颗在我们的山川、母语、灵魂深处、集体无意识中漂泊了几千年的亘古闪耀的"诗心"，那一个在血色黎明、金色午后、玫瑰色黄昏、暗灰色雨夜守望了几千年的诗歌精魂，终于在 20 世纪 80 年代，附着在了一位瘦弱的怀宁青年的身上，开出了最为饱满的花朵。

也只有用"天赋异禀"这个词，才能解释为什么海子会与我们的自然土壤和文化土壤黏合得那么紧密。从海子诗歌中，我们能够听到远古诗心的跳动，能够听到广袤大地的脉动。这正是他超越当代其他所有诗人的地方。每当世界足坛有天才横空出世的时候，如罗纳尔多，如梅西，人们解释不了他们的神技，于是就把他们称为"现象"。而海子，就是中国当代诗坛的"现象"，并且几乎是唯一的"现象"。

在海子极其短暂的生命中，他用双脚和心灵丈量祖国和世界，真正看到了大美。他比大多数人活得都短，但比大多数人走得都远。

从"怀宁之倔"到"北京之惑"，从"昌平之朴"到"德令哈之爱"，从"额济纳之星"到"藏地之美"……这些是他双脚去到的地方。而那些没有去到的地方，从东欧到西欧，从恒河到尼罗河，从巴比伦到太平洋，也被他辽阔的想象所征服。

因此，他不仅是中国的大地之子，也是世界的大地之子。就像古希腊神话中的大力士安泰一样，海子诗歌的伟力，很大程度上是来自他与大地的血肉联系。正如诗人西川所评论的那样："泥土的光明与黑暗，温情与严酷化作他生命的本质，化作他出类拔萃、简约、流畅又铿锵的诗歌语言，仿佛沉默的大地为了说话而一把抓住了他，把他变成了大地的嗓子。"与海子相比，相当一部分当代诗人是无根的，是"无土栽培"出的孱弱的花朵。

海　子

当然，仅仅这样还不够，海子能把自己变大、变辽阔，也能把自己变小、变细微。

"春天到了，十个海子全都复活。"这一句海子自己的诗行，恰恰是理解他作品的一把钥匙。它让我们联想起陆游的名句"何方可化身千亿，一树梅花一放翁"，联想起一切伟大的诗人面对世界时的虚心和雄心。

要想写好某一个事物，就得谦卑、虚心而又骄傲、热情地成为它的儿子。海子恨不得把自己分解成十个、一百个、一千个、一万个"小我"，融合在他所热爱的事物身上，甚至成为事物内部基因链上的一环。他短暂的生命，因为这些事物的蓬勃生长、历久弥新而获得了永生。

海 子

翻开海子的诗集，丰饶的物象和丰富的色彩就扑面而来，他绝不是那种无病呻吟、意象干瘪的诗人，他的诗展示了大自然的多样和世界的多面。海子是聪颖而灵动的，只要他进入某一个方域，就能成为该方域虔诚的儿子和高扬的巨子，找到源头，写透事物，活出自己。

他是种子之子，是丰收之子，是季节之子，是黄昏之子，是乡村之子，是城郊之子，是长江之子，是麦田之子，是春花之子，是牧草之子，是浪花之子，是盐湖之子，是北风之子，是白云之子，是木头之子，是石头之子，是太阳之子，是帝国之子，是神话之子，是历史之子，是当代之子，是母亲之子，是姐妹之子，是孩子之子……

五月的麦地

全世界的兄弟们
要在麦地里拥抱
东方，南方，北方和西方
麦地里的四兄弟，好兄弟
回顾往昔
背诵各自的诗歌
要在麦地里拥抱

有时我孤独一人坐下
在五月的麦地　梦想众兄弟
看到家乡的卵石滚满了河
黄昏常存弧形的天空
让大地上布满哀伤的村庄
有时我孤独一人坐在麦地里为众兄弟背诵中国诗歌
没有了眼睛也没有了嘴唇

　　海子出生在属于稻作区的安徽省怀宁县，却在自己的诗歌里写了那么多次麦子，他写的并不只是中国北方的麦子，而是超越了地理空间的整个世界的麦子。在每一个辛勤劳作的人看来，麦子是大地和汗水"合谋"而开出的最美丽的花儿。海子是麦田之子，他因为时刻贴近着大地，所以写出了那种世界大同般的壮阔。

怅望祁连（之一）

那些是在过去死去的马匹
在明天死去的马匹
因为我的存在

它们在今天不死
它们在今天的湖泊里饮水食盐

天空上的大鸟
从一棵樱桃
或马骷髅中
射下雪来
于是马匹无比安静
这是我的马匹
它们只在今天的湖泊里饮水食盐

  时间如马，跨过了昨天、今天和明天，海子的身躯穿梭在无尽的时间长流里，打通了过去、现在和未来。他是时间之子，他以梦为马，掠过古人、今人、未来人类的梦境，掠过每一种动物和每一种植物的梦境——他的诗歌不死，声名不朽。

日 记

姐姐，今夜我在德令哈，夜色笼罩
姐姐，我今夜只有戈壁

草原尽头我两手空空
悲痛时握不住一颗泪滴
姐姐，今夜我在德令哈
这是雨水中一座荒凉的城

除了那些路过的和居住的
德令哈……今夜
这是唯一的，最后的，抒情。
这是唯一的，最后的，草原。

我把石头还给石头

让胜利的胜利

今夜青稞只属于她自己

一切都在生长

今夜我只有美丽的戈壁　空空

姐姐，今夜我不关心人类，我只想你

海子是父亲和母亲之子，也是姐妹和爱人之子。他以透明的童心所写下的关于亲情、友情、爱情的篇章，充满了刻骨的温柔，也充满了难以实现的怅惘。而这种怅惘，又不局限于一己之私，而是和对于整个人类的悲悯融合在一起，从而有了一种博大的意味。

海　子

以他的情感天赋来说，他是博爱主义者；以他的智力天赋来说，他是天生的博物学家，如果能活得再久一点，将是一位百科全书式的人物。

如今，当你仰望白云或俯瞰麦穗的时候，或许会看到海子那熟悉的面容，温柔而忧郁，瘦弱而坚毅，饱含无限沧桑却永远年轻，经历无穷磨难却依然雄心万丈。

面朝大海，春暖花开

从明天起，做一个幸福的人
喂马，劈柴，周游世界
从明天起，关心粮食和蔬菜
我有一所房子，面朝大海，春暖花开

从明天起，和每一个亲人通信
告诉他们我的幸福
那幸福的闪电告诉我的
我将告诉每一个人

给每一条河每一座山取一个温暖的名字
陌生人，我也为你祝福
愿你有一个灿烂的前程
愿你有情人终成眷属
愿你在尘世获得幸福
我也愿面朝大海，春暖花开

这是海子最为人熟知的诗作。它如同诗国的圣谕传递到人间，有一种祈使的意味，而这以诗歌名义发出的命令，像大海和春花那么浩荡，又像粮食和蔬菜那么亲切，蕴含着无限温暖，让每个人都不由自主地在心里告诉自己：你一定要心向远方，你一定要幸福，你一定要行动。

亲爱的读者，行动起来，从今天起，做一个读诗的人吧！